고전소설 속 여성 원귀

고전소설 속 여성 원귀

인쇄 · 2017년 6월 20일
발행 · 2017년 6월 27일

지은이 · 윤정안
펴낸이 · 한봉숙
펴낸곳 · 푸른사상사

편집 · 지순이 | 교정 · 김수란 | 마케팅 · 이영섭
등록 · 1999년 7월 8일 제2-2876호
주소 · 경기도 파주시 회동길 337-16(서패동 470-6)
대표전화 · 031) 955-9111~2 | 팩시밀리 · 031) 955-9114
이메일 · prun21c@hanmail.net
홈페이지 · http://www.prun21c.com

ⓒ 윤정안, 2017

ISBN 979-11-308-1199-4 93800
값 18,000원

이 도서의 국립중앙도서관 출판예정도서목록(CIP)은 서지정보유통지원시스템
홈페이지(http://seoji.nl.go.kr)와 국가자료공동목록시스템(http://www.nl.go.kr/kolisnet)에서
이용하실 수 있습니다.(CIP제어번호: CIP2017014710)

한국문화총서 12

고전소설 속 여성 원귀

Female Ghosts in Korean Classical Novels

윤 정 안

푸른사상
PRUNSASANG

　　귀신 하면 흔히 떠오르는 것은 원한이 맺혀 저승으로 가지 못하고 이승을 떠도는 처녀들, 즉 원귀이다. 이 원귀들은 소복을 입고 긴 생머리를 흩트리고 입가에 피를 흘리며 한밤중에 나타나 원님을 놀라 죽게 하는 공포의 이미지로 남아 있다. 그래서 여름밤이면 늘 납량특집으로 편성된 〈전설의 고향〉이나 〈여고괴담〉과 같은 영화에서 만나곤 했다. 귀신하면 이 억울하게 죽은 처녀들이 전부라고 생각했다. 아마도 이러한 생각은 대다수의 사람들이 갖고 있는 귀신에 대한 관념일 것이다.

　　그러나 고전 문헌을 읽으면서 다양한 이계의 존재들과 만나게 되자, 귀신에 대해 막연하게 갖고 있던 생각이 얼마나 좁은 범위인지 알게 되었다. 도깨비나 저승사자, 여우 따위의 이물이나 요괴들은 밀쳐두더라도, 귀신이라고 부를 수 있는 존재들 가운데 더러는 남자 귀신들도 만나게 되었고, 실체를 드러내지는 않지만 귀신으로 인식되는 것들의 존재도 알게 되었다. 또한 뱀으로 변해 자신을 속인 남자를 해코지하는 비구니의 이야기가 꽤 많이 유포되어 있다는 사실에서 막연하게 처녀귀신을 떠올렸던 무지를 반성하게 되었다.

귀신은 다양한 모습으로 존재하고 있었건만, 고작 소복을 입은 원귀가 전부였다고 생각했다. 사실 그것은 특정한 시대의 특정한 인식으로 인해 만들어진 특수한 산물이었던 것이다. 그러한 사실을 깨닫게 되자 원귀라는 것이 무엇인지, 어떻게 만들어지고 왜 등장하는지 알고 싶어졌다. 이 책의 시작은 바로 이 치기 어린 모험심에서 시작되었다.

착안은 아주 단순했다. 원귀들이란 존재들은 시대에 따라서 어떻게 달라지는지 살펴보자는 것이었다. 그래서 어떻게 다른가를 살펴보게 되자, 그다음에는 그것들은 왜 변화했는지가 궁금해졌다. 또한 시간이 지나도 변하지 않는 무언가가 있지 않을까라는 생각도 하게 되었다. 이러한 의문들은 일단 공부의 대상으로 삼고 있는 고전소설에서부터 차근차근 탐색해보기로 했다. 그 결과물이 바로 이 책에 고스란히 담겨 있다.

원귀는 그 자체로 사회의 부조리를 품고 있다. 억울한 죽음은 원귀를 잉태한 사회가 무언가 잘못되었음을 의미하는 것이니, 원귀의 존재 자체가 사회의 부조리를 증언한다. 그리고 이 부조리함을 당하는 존재들은 대개 여성이다.

원귀는 목소리를 되찾은 존재들이다. 살아 있던 시절의 원귀들은 말하지 못한 존재였다. 그러므로 억울한 죽음은 묻히고 은폐되었다. 죽은 자는 말이 없다. 그런데 억울하게 죽은 사람들은 저승으로 가지 못하고 이승으로 돌아와 자신의 목소리를 내기 시작한다. 나는 억울하게 죽었노라고, 그 억울함을 풀어달라고 호소한다.

이런 점들을 고려해본다면, 고전소설 속에 등장하는 원귀에 대한 추적은 억울한 여성에 대한 이야기를 들여다보는 것이며, 이 억울한 여성들의 이야기 속에서 조선 사회가 감추고 싶었던 부조리를 읽어 내는 작업이 될 것임을 알 수 있다. 원귀들의 목소리에 귀를 기울일수록 남성이 지배하는 사회의 모순이 무엇인지 더 잘 보이게 되었다.

그런데 여기 억울한 여성들의 이야기를 읽어가면서 내내 마음 한 편이 불편했다. 그것은 이 여성들의 이야기가 지금도 여전히 유효하기 때문이다. 그 형태가 약간 바뀌었을 뿐, 수백 년 전에 당했던 여성들의 억울함은 지금을 사는 여성에게도 적용되고 있다.

이 책 속에 등장하는 여성들은 모두 정절이라는 가치를 지켜낸 여성들이다. 「운영전」만이 다소 예외적이라 할 만하겠지만, 그래서 운영은 죽음을 선택할 수밖에 없었다. 조선 사회는 여성들에게 정절이라는 불합리한 가치를 내면화시켰다. 여성들을 그것을 지키기 위해 목숨을 내놓아야 했다. 정절을 지키지 못했다는 의심이라도 받는 날에는 아버지에 의해 살해당하였다. 여성은 약자라면서도 보호받지 못하였다. 그들의 죽음은 미화되거나 은폐되었다.

여기 등장하는 여성들은 이 억울한 죽음에 굴하지 않고 원귀가 되어서라도 자신의 욕망을 찾고 진실을 밝히고자 노력했다. 그러나 역설적으로 원귀가 되어서야 가능했다는 것은 살아서는 불가능한 일이었다는 것을 증명할 뿐이다.

여전히 오늘을 사는 여성들에게도 인간다운 삶은 TV 드라마에서

나 가능한 일일지도 모르겠다. 평등한 세상이 되었다고는 하지만, 여전히 희생당하는 여성들의 이야기는 차고 넘친다.

그런 점에서 조선시대의 원귀 이야기는 지금을 사는 여성들의 이야기와도 상당 부분이 겹친다고 생각된다. 이것이 고전소설에서 원귀의 이야기를 꺼내어놓는 한 이유가 되리라 생각한다.

이 책을 통해 과거의 원귀의 억울함에서 오늘의 모습을 볼 수 있었으면 한다. 아울러 목소리를 낸다는 것의 힘을 확인해주길 바란다. 억울하게 죽은 여성들이 억울함을 품은 채 저승으로 가버렸다면 진실은 결코 밝혀지지 않았을 것이다. 이들이 이승을 떠돌며 자신의 억울함을 만천하에 드러내자 완전한 해결은 아닐지라도 비로소 문제가 풀릴 실마리를 얻게 되지 않았던가?

2017년 6월

윤 정 안

차례

제3장 가부장제에 희생된 여인들, 명예 회복과 복수를 꿈꾸다

1. 악독한 계모와 무능한 아버지 : 「장화홍련전」과 「김인향전」의 전처 딸들

2. 남편의 판단에 달린 목숨 : 「정을선전」의 유추연

고전소설 속 여성 원귀

제4장　목소리를 되찾은 여인들,
　　　　세상의 모순을 고발하다

제 1 장

억울하게 죽은 여인들,
원귀로 돌아오다

1

어떤 존재를 원귀라고 부르는가?

'원귀(冤鬼)'라는 말 자체에서 원귀의 기본적인 성격은 드러난다. 원귀는 "원한이 있는 귀신"이라는 말의 축약이기 때문이다. 이때 원한이란 사회의 부조리로 인해 억울하고 원통한 일을 당했기 때문에 맺힌 감정을 말한다. 원귀는 억울하고 원통한 일을 당하여 죽었는데, 그것도 모자라 사건은 은폐되어버린다. 이러한 이유로 원귀는 저승으로 가지 못하고 이승을 떠돌면서 자신의 억울함을 하소연하고 원한을 풀고자 한다. 원귀는 억울한 죽음을 슬퍼하는 데 그치지 않고 자신의 죽음에 이의를 제기하고 그것을 바로잡으려 한다. 이렇게 보자면 원귀는 억울한 죽음으로 인해 원한이 쌓여 저승으로 가지 못하고 이승을 떠돌면서 그 원한을 해소하려는 존재로 정의할 수 있다.

원귀는 귀신이라는 용어의 하위 명칭이라 할 수 있으며, 비슷한 용어로 원혼(冤魂)을 들 수 있다. 원귀와 원혼이 의미하는 범주는 거의 같지만, 원귀라는 용어는 원혼에 비해 물리적인 속성이 좀 더 강조되어 있다. 그렇다 하더라도 두 용어가 뚜렷하게 구분되는 것은 아니다. 여기에서 원혼이 아닌 원귀라는 용어를 사용하는 것은 원한에 맺혀 이승에 나타나는 귀신이 현실과 관계를 맺는다는 점을 강조하기 위함이다.

원한으로 인해 저승으로 가지 못하고 이승에 남아 영향을 미치는 존재인 원귀는 귀신을 자연철학으로 수렴하고자 했던 성리학에서 설정하고 있는 '여귀(厲鬼)'의 모습과 상당히 닮아 있다. 성리학에서의 귀신은 우주 만물의 이치를 설명하는 원리로 이해된다. 여기에서 벗어나는 인신공양 등 부정한 제사의 대상이 되거나 숭배의 대상이 되는 귀신은 척결해야 할 대상이 된다. 다만 제사의 대상이 되는 조상 귀신만은 성리학에서도 그 존재가 있다고 믿었다. 사람이 죽으면 바로 사라지지 않고 그 기운이 일정 기간 남아 있게 되는데, 나와 나의 조상은 기운이 같으므로 서로 감응할 수 있다는 논리에 의해 조상에게 제사를 지내는 것만은 인정된다.

우리나라의 경우, 고려 말 안향(安珦)이 성리학을 도입한 이래로 점차 귀신을 자연철학의 대상으로 이해하고자 했다. 조선이 성리학의 나라가 되면서 조상에게 지내는 제사 이외에 소위 음사(陰祀)로 불리는 행위들을 규제하려는 움직임이 본격적으로 시작된다.

그런데 귀신은 도처에서 목격된다. 죽은 조상이 아닌데도 여기저기서 출몰하여 그 자취를 드러내는 귀신과 그것에 대한 설명을 요구하는 사람들로 인해 주희(朱熹)조차 곤란을 겪게 될 정도였다. 이에 주희는 이치에 거슬러 존재하는 귀신을 여귀(厲鬼)로 분류하여 성리학적 이론 외부에 있는 귀신들을 변칙적인 것으로 처리한다.

그런데 이 여귀는 원귀의 속성과 부합하는 면이 있다. 예를 들어

권근(權近)은 "원통하고 억울함을 가슴에 안고 있거나 분한(憤恨)을 품어서 마음속에 맺히어 흩어지지 않"*는 귀신들, 즉 여귀들을 위한 제사인 여제(厲祭)를 시행해야 한다고 말한다. 이때 억울함과 원한이 맺혔다는 여귀의 속성은 원귀의 모습과 상당 부분 일치한다.

하지만 원귀와 여귀를 전혀 구분할 수 없는 것은 아니다. 원귀와 여귀의 개념이 비슷하다 해도 원귀는 '원한'이라는 발생 원인에 초점이 맞춰져 있다면, 여귀는 '제사'를 받지 못한다는 사후의 처리에 초점이 맞춰져있다는 데서 차이가 있다. 원귀에 대한 관심이 원귀 개개의 원한과 그것의 해소라면, 여귀의 경우에는 그것의 발생 원인이 무엇이든 제사를 받드는 것으로 해결할 수 있다는 점에 초점을 맞추고 있다. 원귀와 여귀 모두 죽음의 과정은 비정상적이지만 원귀는 산 자들의 의지와는 무관하게 이승에서 활동하는 것으로 묘사되는 반면, 여귀는 산 자들이 제사를 지냄으로써 통제할 수 있다는 믿음에 기반한 존재라는 데서 분명히 차이가 있다.

더구나 여귀라는 개념은 일시적으로 일어나는 '변칙'적인 현상으로 설명되며, 이는 민간에서 믿는 많은 귀신을 포괄하여 '법칙'을 만들기 위한 것으로, 귀신을 둘러싼 민간의 의혹을 성리학적 질서 내부로 수렴시키고 관리하고자 했던 것이라는 점에서 원귀와는 결정적으로 그 개념을 달리한다. 변칙적인 법칙에 의해 만들어진 여귀가 일시적인 분란을 일으킨다 하더라도 그것은 산 자들에 의해 달래지고 해

---

* 豈無或抱冤抑, 或懷憤恨, 結而不散(태종실록 권1, 태종 1년 1월 14일 갑술 3번째 기사)

소될 수 있는 존재이기에 결국 유교 내부로 포섭된다. 그러나 원귀는 무속적 속성이 강조되고 유지되면서 유교 외부에서 떠돌게 된다. 죽은 자가 산 자와 교류를 한다거나 죽은 자가 다시 살아나는 것은 유교의 법칙으로는 있을 수 없는 일이지만, 이 불가능한 일들은 원귀가 등장하는 서사에서는 버젓이 일어난다. 유교의 원리로만은 설명할 수 없거나 말할 수 없는 것은 원귀라는 소재를 통해서 드러나고 있었던 것이다.

따라서 조선시대 이야기에 등장하는 원귀는 성리학적 질서와는 다른 지점에서 활동하고 있는 존재임을 알 수 있다. 그러했기 때문에 원귀를 통해 유교적 가치에서 벗어나는 수많은 이야기들을 만들어낼 수 있었다.

2
왜 원귀는 여성이 많은가?

유교의 외부에 존재하면서 서사문학의 한 소재로 등장하는 원귀는 성별로 따져보자면 여성인 경우가 대부분이다. 대체로 귀신이 남성일 경우 조상신으로 등장하고, 여성일 경우 원귀로 나타났다. 필기(筆記)나 야담(野談)에서는 성별이 분명하게 드러나지 않거나 간혹 남성이 원귀로 등장하기도 하지만, 고전소설의 영역에서 원귀는 대개 여성으로 설정되어 있다.

설화나 소설에 등장하는 원귀는 대체로 남성보다는 여성이, 상층의 인물보다는 하층의 인물이 주를 이룬다. 사회적으로 강자가 억울한 일을 당하는 경우는 별로 없다. 그들은 자신이 가진 권력이나 힘을 이용하며, 때로는 악한 마음을 품고 남에게 해코지를 할 뿐이다. 반면에 신분이 낮거나 경제적으로 어려운 자, 그리고 여성의 경우에는 사회적으로 약자로 분류된다. 이들은 억울한 일을 당해도 어디에 호소할 수 없으며, 억울한 죽음을 당해도 주변 사람들은 그(녀)를 해코지한 사람이 두려워 함부로 이의를 제기하지 못한다. 이때 이 억울함을 풀 수 있는 가능성을 얻은 존재가 원귀이며, 남성보다는 여성이 원귀로 등장하는 데는 이러한 사정이 숨어 있다.

여성은 비록 지배층의 신분에 있었다 하더라도 사회적으로는 약자였다. 특히 조선시대의 경우, 성리학이 도입되고 정착되어가면서 가정은 점점 남성 중심의 가부장적인 구조로 재편되어갔다. 부부유별의 논리는 여성의 위치를 가정 내부로 한정시키려 하였으며, 남성보다 열등한 존재로 고착시키면서 그들의 목소리를 빼앗았다. 이에 따라 여성은 주변부의 인물로, 타자로 머물게 되었다.

따라서 여성, 특히 조선시대의 여성은 현실에서는 침묵하고 있지만, 현실에 대한 불만과 좌절감을 품은 존재라 할 수 있다. 여성은 잘못된 사회질서 때문에 현실에 대한 불만과 좌절감을 온몸으로 체화하고 있었지만, 동시에 그것을 말할 목소리가 거세된 존재였다.

여성이 원귀로 설정되는 이유는 바로 여기에 있다. 원귀는 현실의 법칙을 뛰어넘은 존재로, 억울한 죽음으로 목소리를 잃어버렸다가 다시 말할 수 있는 힘을 갖게 되는 존재이다. 여성은 원귀가 됨으로써 잃어버린 목소리를 되찾아 현실의 질서에 대한 불만과 좌절감을 폭로하면서 그것에 저항할 수 있게 된다. 그러므로 남성보다는 여성을 통해서, 그리고 남성 원귀보다는 여성 원귀를 통해서 사회적인 문제를 더욱 잘 살펴볼 수 있으며, 이것이 여성 원귀가 더욱 문제적인 이유이다.

3
원귀는 반드시 누군가에게 나타난다

원귀는 대체로 인간보다 우월한 존재로 그려진다. 하늘을 날아다니고 인간보다 강력한 힘을 소유하고 있는가 하면, 사건의 모든 진상을 대체로 알고 있다. 즉, 원귀는 자신이 누구 때문에 죽었는지, 왜 죽어야만 했는지도 모두 알고 있다. 그러니 복수를 위해서라면 직접 가해자에게 나타나 응징을 할 법도 하다. 원귀는 여러 방면에서 인간보다 우월한 존재로 인식되고 있으며, 문학작품 안에서 그러한 모습으로 그려진다. 그런데 원귀는 직접 원한을 해소하고자 시도하지 않고 반드시 자신의 억울함을 풀어줄 누군가, 즉 원조자에게 나타나 하소연을 한다는 점에 주목할 필요가 있다.

만약 원귀의 목적이 원한을 해소하는 것에 있다면 스스로의 힘으로도 가능하다. 가령 복수가 목적이라면 자신을 죽인 사람을 찾아내어 고통을 주거나 죽이는 등의 행위를 하면 된다. 원귀는 인간보다 우월한 존재로 설정되어 있으니 굳이 원조자를 거치지 않아도 된다. 그러나 원귀는 하나같이 이승의 사람과 만나 하소연을 한다. 그리고는 자신이 죽게 된 사연을 산 자에게 나타나 구구절절 털어놓는다.

이처럼 원귀가 원조자의 앞에 나타나는 이유는 일차적으로 '말'에 있다. 억울하게 죽은 자가 원귀가 되자 가장 먼저 자신의 말을 들어줄 사람을 찾아가 하소연을 하는 것이다. 원귀의 하소연은 억울한 죽음으로 인해 자신의 사연을 말할 수 없었던 잃어버린 목소리를 되찾기 위해 등장하는 것이며, 감춰진 진실을 들춰내는 행위이다.

하소연은 억울한 일을 당한 사람에게서 볼 수 있는 가장 일반적인 행위이다. 하소연은 자신이 어떤 일로 억울한가를 알림으로써 다른 사람의 공감을 얻고 위로를 받을 수 있는 일종의 치유 행위이므로 억울한 일을 당한 원귀가 하소연을 하는 것은 자연스러운 과정이다. 그런데 이 하소연이라는 것은 누군가가 들어줘야 가능하다. 그런 점에서 원조자의 존재는 원귀의 하소연을 가능하게 한다.

또한 고전소설에서의 하소연은 원조자에 대한 일종의 설득 행위에 해당한다. 원귀의 하소연을 접하게 된 원조자는 원귀의 이야기를 들으면서 원귀가 된 사연을 이해하고 그 억울함에 공감하게 된다. 즉, 원귀의 사연에 설득되며, 그로 인해 원귀의 해원(解冤)을 위해 움직이게 된다. 그러므로 원귀의 하소연은 서사적으로 자기 위안을 통한 치유 행위를 넘어서 해원을 위해 반드시 거쳐야 하는 설득 과정인 셈이다.

그러므로 원귀의 사연은 반드시 듣는 사람이 공감할 만한 것이어야 한다. 원귀의 사연이 듣는 사람의 관심을 끌지 못한다면 원귀는 자신의 사연을 들은 사람을 설득할 수 없고, 그렇다면 사연을 들은 사람은 원귀의 해원을 위해 아무런 노력도 기울이지 않을 것이다. 그래서 원귀는 아무에게나 나타나지 않고 자신의 억울함을 이해해주고 해원을 위해 적극적으로 움직여줄 사람 앞에 나타난다. 대개 원조자는 이러한 조건에 부합하는 이승의 남성이다.

그런데 이것은 원귀가 원조자의 욕망 혹은 결핍을 자극하고 있음을 의미하기도 한다. 원조자의 입장에서는 자신이 원귀가 해원을 이루기 위해 도와주었을 때 자신의 욕망이 실현되기 때문에 원귀의 요구를 충실하게 들어주려고 노력하게 된다. 이때 원귀와 원조자는 주고 받는 관계가 되며, 원귀의 억울함과 원조자의 욕망은 어떤 한 지점이 일치한다. 그러므로 원귀와 원조자 사이에는 모종의 계약 관계가 성립하게 된다.

이처럼 고전소설에 등장하는 원귀는 원조자 앞에 나타나 하소연을 하며, 원조자의 욕망이나 결핍을 자극하여 해원을 시도한다. 하소연의 내용은 원귀가 어떻게 죽었는지, 억울함은 무엇인가 등이다. 이것은 죽음으로 인해 은폐되었던 진실인데, 죽은 자가 원귀가 되어 이승에 나타나 원조자에게 말함으로써 감춰졌던 진실은 폭로된다. 이것은 원귀가 속한 사회가 무엇인가 잘못되었음을 의미한다. 이러한 문제를 해결하기 위해서 원귀는 원조자를 통해 해원을 시도한다. 그렇다면 고전소설의 원귀는 하소연을 통해 사회적인 문제를 드러내고, 해원을 통해서 그것을 바로잡으려는 것으로 이해할 수 있다.

4

원귀, 현실의 모순을 드러내는 존재

억울한 사람은 편히 눈을 감지 못하며 때로는 이승을 떠나지 못한다는 생각은 원귀라는 관념을 만들어낸 원동력일 것이다. 억울함을 호소하여 원한을 해소해야 불귀의 객이 되어서도 이승을 떠나지 못한 원귀들은 저승으로 갈 수 있다고 생각했다. 만약 그렇지 않으면 억울하게 죽은 자는 원귀가 되어 이승에 나타나 산 자들을 괴롭힌다는 인식이 생겨났으며, 이러한 인식은 죽은 자를 위한 무속의 진오귀굿이나 불교의 천도제 같은 다양한 방식의 장례 의례를 만들었다. 원한을 가진 망자를 달래야 그가 편하게 저승으로 갈 수 있다는 관념은 원귀의 경우에도 마찬가지인데, 이들의 억울함이 해소되지 못했기에 저승으로 가지 못하고 이승에 남아 살아 있는 자들을 괴롭힌다는 것이다.

이러한 관념들은 비록 과학적인 지식 체계에 의하면 거짓으로 판명되었지만, 귀신을 체험했다는 얘기, 혹은 원귀와 만났다는 얘기를 예나 지금이나 어디서든 접할 수 있다. 여전히 우리의 관념 속에서 원귀는 떠돌아다니고 있으며, 이러한 관념 때문에 우리는 여전히 원귀가 출몰하는 이야기를 만나게 된다. 이러한 인식을 활용하여 〈여고괴담〉과 같이 귀신이 등장하는 영화를 만들기도 한다. 그런 점에서 귀신은 있는 것이기도 하고 없는 것이기도 하다.

원귀는 양(陽)의 세계가 아니라 음(陰)의 영역에서 존재하는 환상의 산물이다. 환상은 현실에 없는 것들을 등장시키거나 현실의 무엇인가를 변형시켜 드러낸다. 원귀 역시 그러한 환상적인 존재의 하나이다. 환상에 의해 주조된 원귀는 현실에 존재하는 것은 아니지만 지속적으로 현실과 관련을 맺으려 한다.

그런데 원귀는 억울하게 죽었다는 점에서 현실과 적대적이다. 만약 사회가 부조리하지 않았다면 원귀의 억울한 죽음은 알려지고 책임자는 처벌되었을 것이다. 그러나 사건의 진상은 밝혀지지 않았다. 따라서 아무도 억울한 죽음에 대해 책임을 지지 않았으며, 이러한 이유로 억울한 자는 원귀가 되어 이승에 나타난다. 이러한 점에서 원귀는 현실의 부조리한 면을 드러내면서 제도적 질서와 대립한다. 누군가가 억울하게 죽었다는 것은 제도가 잘못되었거나 제대로 작동하지 않는다는 것을 의미한다. 원귀의 출현은 누군가의 억울한 죽음이 드러나는 계기가 되며, 이를 통해 사회가 부조리하다거나 제도가 잘못되었다는 것을 드러내게 된다. 더구나 이들은 이승으로 돌아와 누군가를 붙들고 자신의 억울한 사연을 하소연함으로써 모순된 현실을 드러낸다.

이러한 점에서 원귀의 이야기는 죽은 자의 이야기를 다루고 있지만, 살아 있는 자들의 상황과 무관하다고 볼 수는 없다. 더구나 원귀는 도깨비와 같은 다른 환상적인 대상과는 달리 현실 세계와 직접 관련을 맺는 것으로 그려진다. 원귀의 억울함을 살아 있을 당시의 문제로 인해 비롯된 것이며, 현실로 돌아와 다시 그 문제를 폭로한다는 점에서 그러하다. 저승에 있어야 할 존재는 이승에 출몰하여 현실의 질서가 잘못되었다고 하소연한다. 그러므로 원귀의 이야기는 저승의 존재에 대한 이야기인 동시에 현실의 문제에 대한 이야기이다. 원귀의 이야기를 읽는다는 것은 죽은 자의 이야기를 듣는 것이면서 현실의 어떤 불편한 진실과 마주하는 계기인 것이다.

한편으로는 죽은 자는 말이 없으니, 그들이 어떤 사연으로 죽었는지, 억울해하기는 하는지, 정말 해원을 요구하는지는 알 수 없다. 원귀 이야기를 만들어내고 향유하는 것은 죽은 자가 아니라 산 자들이라는 점에서 원귀의 사연은 산 자들과도 모종의 관계가 있다고 볼 수 있다. 또한 원귀가 억울함을 당했을 시점은 살아 있을 때이니, 죽은 자의 목소리로 전달되는 사회의 문제는 산 자들이 속한 사회의 모습을 증언한다. 그러므로 죽은 자의 이야기에는 산 자의 죄의식이나 탐욕 따위가 뒤섞여 있다고 할 수 있다. 이런 이유로도 원귀 이야기는 죽은 자의 사연을 다루고 있지만, 산 자와 연루될 수밖에 없다. 더구나 원귀의 이야기가 널리 유포되어 향유되는 것이라면, 원귀의 사연은 살아 있는 사람들이 공감할 수 있는 것으로 볼 수 있다.

그렇다면 '원귀의 사연'은 어떻게 선택되는가? 일본에서는 에도 시대에 귀신 이야기들이 속출한다고 한다. 에도 시대는 전국시대의 혼란이 수습되었을 때라 이전보다 원한이 많던 시대라고 볼 수는 없다. 억울한 죽음은 전쟁의 시대였던 전국시대에 더 많았을 텐데, 전쟁의 시대가 끝나고 임진왜란이 끝난 이후의 안정기인 에도 시대에 귀신 이야기가 잇따라 등장한다는 것은 상식적으로 이해하기 어려운 현상이다.

원한의 등장은 억울한 사연을 가진 사람들이 많아서가 아니라 그 억울함이 발견되기 때문이다. 원귀의 억울함이 사람들에게 포착되었을 때 원귀는 서사문학의 소재가 될 수 있었다. 억울한 사연은 어느 시대에나 존재했지만, 언제나 그것이 서사문학의 소재가 되었던 것은 아니다. 모든 원귀가 문학의 소재로 활용되었던 것도 아니다. 원귀의 사연을 통해 살아 있는 사람들이 무엇인가를 말할 수 있을 때, 그리하여 독자들에게도 공감을 일으킬 수 있을 때 원귀는 서사문학의 소재가 될 수 있었다. 다만 억울함이 넘쳤다고 해서 그것들이 모두 문학작품의 소재가 되는 것은 아니라는 말이다.

우리의 경우에는 임진왜란 이후 서사문학에서 원귀가 속출하는데, 이는 무엇보다도 문학 작품을 향유하는 사람들이 억울하게 죽어간 사람들을 목격하고 그들의 안타까운 사연에 공감하기 때문일 것이다. 그러나 고전소설에 등장하는 원귀는 항상 전쟁이나 사화 같은 대규모의 죽음과 연관하여 등장하는 것은 아니다. 소설에서의 원귀는 대규모의 억울한 죽음을 목격했기 때문에 발생하기도 하지만, 무엇보다도 원귀의 사연이 산 자가 하고 싶은 말에 적합한 소재로서 발견되었기 때문에 서사문학의 소재로 활용될 수 있었다. 이러한 점에서 원귀가 등장하는 소설들은 일종의 우의(寓意)라 할 수 있다. 그러므로 원귀를 통해 드러내려는 문제에 따라서 억울함의 내용도, 해원의 과정도 다르게 나타날 것이다.

원귀, 유교 이념에 대해 묻다

1

여성의 정절은 무엇인가?

「만복사저포기」와 「이생규장전」의 원귀

정절을 지키려고 죽으니 애정을 이룰 수가 없네

　「만복사저포기(萬福寺樗蒲記)」와 「이생규장전(李生窺牆傳)」은 『금오신화(金鰲新話)』의 다섯 작품 가운데서도 서사 구조가 가장 비슷하다. 전란으로 인해 죽은 억울한 여성이 원귀로 등장하며, 이승의 남성과 애정을 맺고 유명(幽明)의 법칙에 의해 일정 시간이 지난 후 이승의 남성과 헤어져 저승으로 간다는 유명 서사의 문법이 서사 구조의 근간을 이룬다. 그러나 「만복사저포기」의 원귀는 처녀의 몸으로 죽은 것과 달리 「이생규장전」의 최랑은 이생과 어렵게 맺어진 이후 죽었다는 점에서는 다르다. 이처럼 같으면서도 다른 설정을 가진 두 작품에서 원귀는 전란의 와중에 정절을 지키기 위해 죽어서 충족하지 못한 애정의 욕망 때문에 억울해 저승으로 가지 못하고 이승에 남아 있게 된다.

　정절의 문제는 고려 때부터 중요시되기 시작하였으며 조선의 건

국과 함께 유교를 정치, 사회를 운영하는 기본적인 원리로 삼은 이래 지속적으로 여성들이 지켜야 할 덕목으로 제시되었다. 이미 태조 때부터 왜구들에게 항거하다 수절을 지키기 위해 죽은 여성들의 정신을 기리기 위해 정표를 세우는 등 정절은 국가적으로 권장되었던 가치였다.

우도관찰사 김희선이 도평의사사에 보고하였다.

"교동 사람 전 별장 이제의 아내는 백정 조장수의 딸로서 일찍이 왜구에게 사로잡혀 수절하고 죽었사오니, 그 마을에 정표하소서."

사사에서 임금에게 주달하여 그대로 따랐다.*

태조 7년 이제(李堤)의 아내가 왜구에게 잡혔으나 정절을 지키기 위해 죽었으니 마땅히 그 정신을 널리 알렸다는 내용이다. 이를 통해 조선 전기부터 왜구 등 외적으로 인해 목숨을 잃은 여성이 존재하였다는 것, 그리고 정절을 중요하게 여기는 분위기였다는 것을 알 수 있다. 외적에게 잡혀서 정절을 지키려다가 죽은 여성의 사연 이외에도 남편이 죽자 장사와 제사를 잘 지낸 것도 훌륭한 여성에 포함시킨 것을 보면, 국가적으로 여성의 정절이 매우 강조되고 있었음을 알 수 있다. 이러한 노력의 결과로 여성의 정절은 점차 당연한 것으로 받아들이는 분위기가 형성되어갔다.

---

* 『태조실록』 권7, 태조 4년 5월 15일 정미 1번째 기사.

그러므로 김시습(金時習)이 정절을 지키기 위해 외적에게 죽임을 당한 여성을 떠올리고 「만복사저포기」와 「이생규장전」에 그들을 등장시키기는 어렵지 않았을 것이다. 그런데 「만복사저포기」와 「이생규장전」에서 정절을 지키려다가 죽어 원귀가 된 여성은 여성이라면 마땅히 지켜야 할 정절을 지킨 행위에 만족하지 않는다는 데서 문제가 발생한다.

아무 고을 아무 땅에 사는 소녀 아무씨 아무개는 아룁니다.

지난번 국경의 방비가 허물어져 왜구가 침입해왔을 때, 어디를 가나 싸움은 눈앞에서 치열하였고 위급함을 알리는 봉화가 여러 해 계속되었습니다. 왜적이 집을 불살라버리고 백성을 노략질하니, 사람들은 동서로 달아나 숨고 이리저리 도망하였으며, 친척과 하인은 뿔뿔이 흩어졌습니다.

저는 버들잎처럼 연약한 몸이라서 멀리 갈 수가 없어 깊이 규방에 들어가 끝까지 정절을 굳게 지키고, 부정한 행실을 저지르지 않으면서 난리의 화를 면하였습니다.

부모님께서는 딸자식이 정절을 그르치지 않았다고 기특하게 여기셔서, 한적한 곳으로 피신케 하고 초야에서 임시로 살게 해 주셨습니다. 그게 벌써 3년이 되었습니다.

하지만 가을에 둥근 달이 뜨고 봄에 아름다운 꽃이 피어도 상심한 탓에 제대로 감상을 하지 못하고 헛되이 보내며, 하늘에 둥실 떠 있는 구름이나 들판에 흐르는 강물과 더불어 무료하게 세월을 보낼 따름입니다. 그렇기에 저는 사람 없는 빈 골짜기에서 쓸

쓸히 지내면서 운명의 야박함을 한탄하였습니다. 또한 좋은 밤을 혼자 보내면서 아름다운 난새가 짝을 잃고 외로이 춤을 추는 것과 같다며 신세를 슬퍼하였습니다.

날이 가고 달이 바뀌어 이제는 혼백마저 쇠하고 상해갑니다. 그래서 여름의 더딘 석양과 겨울의 기나긴 밤에는 더욱 간담이 찢어지고 창자마저 끊어질 듯합니다. 부디 부처님께서는 연민하는 뜻을 삼가 드리워 주십시오.

생애의 운명은 미리 정해져 있고 업은 결코 피할 수 없겠지요. 하지만 제가 타고난 운명에 인연이 있다면 얼른 배필을 만나 즐겁게 하여주십시오. 간절히 비옵나이다.

「만복사저포기」에 등장하는 원귀는 부처님께 발원을 올리는데, 이것은 원귀의 하소연에 해당한다. 여기에는 전란의 참상은 물론 가녀린 처녀가 어떤 사연으로 죽게 되어서 원귀로 등장하게 되었는지가 드러나 있다. 원귀는 자신이 죽었다는 사실을 드러내지 않기 때문에 직접 죽음의 장면을 술회하고 있지는 않다. 이후 여인은 양생에게 자신이 이미 죽은 사람임을 고백한다. 이로써 여인이 부처님께 발원을 올리던 때가 죽은 지 3년이 된 때임이 밝혀지는데, 이것을 감안하면 원귀의 발원에는 죽음의 과정에 대한 술회가 포함되어 있음을 알수 있다.

전란의 와중에 처녀의 몸으로 멀리 갈 수 없었던 여인은 왜구에게 발각되자 정절을 지키기 위해 죽음을 선택한다. 여성으로서 지켜야 할 당연한 도리였기 때문이다. 여인의 부모 역시 딸의 이런 행동을 당연하게 여긴다. 그런데 마땅히 지켜야 할 행동을 했음에도 죽은 여인은 저승으로 가지 않고 원귀가 되어 이승에 나타났다. 이것은 자신이 죽음에 불만이 있다는 의미이다.

그러나 원귀는 자신이 정절을 지키기 위해 죽은 것에 대해 불만을 가졌던 것은 아니다. 정절을 지키려고 죽었기 때문에 이성을 만날 수 없었던 것이 불만이었다. 그래서 부처님께 배필을 만나게 해달라고 발원을 올림으로써 해원을 시도하고 있다.

이때 불상 아래서 원귀의 발원 내용을 듣고 있던 양생이 듣고 불쑥 뛰어와서 원귀의 정체를 묻는다. 그러자 원귀는 양생에게 "저도 역시 사람입니다. 무슨 의심할 일이 있으신가요? 당신께서는 다만 좋은 배필만 얻으시면 되지요."라고 대답함으로써 둘은 인연을 맺게 된다. 이로써 원귀는 해원의 가능성을 얻게 된다. 이러한 구도는 「이생규장전」에서도 마찬가지이다.

"저는 본디 양가의 딸입니다. 어려서부터 어버이의 가르침을 받들어, 자수와 재봉과 같은 일에 힘쓰고, 시·서와 인의의 방도를 배웠습니다. 오로지 규문의 법도만 알았으니, 규문의 경역 바깥에서 배워야 할 일들을 어찌 알았겠습니까? 그런데 그대께서 붉은 살구꽃이 핀 담장 안을 한 번 엿보시자 저는 스스로 푸른 바다에서 캐어 올린 구슬을 드렸지요. 꽃 앞에서 한 번 웃고는 평생의 은혜를 맺었고, 휘장 속에서 거듭 만나서는 백년해로한 경우보다 정분이 더하였습니다. 말이 여기에 미치게 되니 너무도 슬프고 너무도 부끄럽군요. 슬픔과 부끄러움을 어찌 이기겠습니까.

저는 장차 그대와 함께 전원의 거처로 돌아가 백 년을 함께 늙으려 하였습니다. 그런데 어찌 생각이나 했겠습니까? 뜻밖에도 갑자기 꺾이어 구렁에 몸뚱이가 구르게 되다니요. 하지만 끝내 이리와 시랑 같은 놈에게 몸을 내맡기지 않고, 진흙창에서 육신이 찢김을 스스로 선택하였어요. 그건 정말로 천성의 자연스러움으로 인한 것이지, 사람의 정으로는 가히 참을 수 없는 것입니다. 그러나 외진 골짝에서 한 번 이별한 이후로, 끝내 짝을 잃고 외따로 날아가는 새의 신세가 된 것이 한스러웠습니다. 집도 없어지고 어버이도 돌아가셔서 고단한 혼백을 의지할 곳이 없기에 서글프지만, 절의는 귀중하고 목숨은 가벼우므로 쇠잔한 몸뚱이가 치욕을 면한 것만 다행이라고 여기지요. 누가 조각조각 찢어진 식은 재 같은 제 마음을 불쌍히 여겨주겠습니까? 잘게 끊어진 썩은 창자를 그저 모아두었을 따름이오라, 해골은 들판에 내던져졌고, 간담은 땅에 버려져 흙먼지를 덮어쓰고 있어요. 가만히 지난날의 즐거움을 헤아려봅니다만, 오늘은 이렇게 서글프고 억울하더군요.

이제 추연이 피리를 불어 따스한 기운을 일으켰듯이 봄 절기가 적막한 골짜기에 돌아왔으니, 천녀의 혼이 이승으로 돌아왔듯이 저도 다시 이승으로 돌아오렵니다. 봉래산 일기(一紀) 만에 만나자는 약속이 이미 단단히 맺어져 있고, 취굴에서 삼생의 향기도 물씬 일어나네요. 바로 이런 때에 그간 오래 떨어져 있어야 했던 정을 되살려서, 이전의 맹세를 결코 저버리지 않겠노라고 약속드리지요. 그 기약을 잊지 않아주신다면, 저는 끝까지 잘 지내고자 해요. 도련님께서는 그렇게 해주시겠어요?"

　　홍건적의 난으로 폐허가 된 집에서 지난날의 행복함을 떠올리며 탄식을 하고 있던 이생 앞에 나타난 최랑이 이생에게 하소연을 하면서 자신의 소원을 말하고 있다. 최랑과 이생은 우여곡절 끝에 혼인을 하고 한창 행복한 삶을 누리고 있을 무렵, 홍건적의 난을 만나게 된다. 홍건적에게 겁탈을 당할 위기에 처한 최랑은 정절을 지키기 위해 죽는다. 그런데 「만복사저포기」의 원귀와 마찬가지로 여인으로서 당연히 지켜야 할 가치인 정절을 지켰으면서도 원귀가 되어 이승에 나타난다. 죽은 것에 불만이 있었기 때문이다. 최랑은 정절을 지킨 것은 천성의 자연스러움이라고 표현함으로써 그것을 당연하게 여기고 있음을 드러낸다. 그러나 이생과의 행복이 끊어져서 슬프기에 원귀가 되어 이승으로 돌아왔다고 말한다. 그래서 이생에게 죽음으로 인해 이루지 못한 백년해로의 인연을 다시 이어가자고 제안한다. 전란의 와중에 죽은 최랑은 정절을 지키기 위해 죽음으로써 끊어진 이생과의 사랑을 잇고자 원귀가 되어 이승에 나타난 것이다. 최랑은 다하지 못한 이생과의 사랑을 이루기 위해 원귀가 되어 돌아왔으며, 이생이 최랑의 제안을 받아들임으로써 원귀가 된 최랑은 원한을 해소할 기회를 얻게 된다.

　　이처럼 「만복사저포기」와 「이생규장전」의 두 여인은 여성으로서 당연히 지켜야 할 가치인 정절을 지키기 위해 죽었으나 원귀가 되어 이승에 나타났다. 전란에 희생당한 두 여인은 정절을 지킨 것을 억울해하거나 불만이 있어서 원귀가 되었던 것은 아니었다. 원귀들은 죽음으로 인해 정절은 지켰지만, 좋은 배필과 사랑을 나누며 행복한 삶을 누리지 못하고 상심과 고독 속에 있어야 했다. 이 상심과 고독을 해소하기 위해서 양생과 이생 앞에 나타나 인연을 맺어 억울함을 해소하고자 했다.

사랑을 기다리는 남성

원귀들이 이승의 남성인 양생, 그리고 이생과 인연을 맺을 수 있었던 것은 이 남성들 역시 애정을 성취하려는 욕망에 휩싸인 존재였기 때문이다. 「만복사저포기」의 시작에서 양생은 만복사의 쪽방에서 홀로 살고 있어서 장가를 들지 못한 젊은 남성으로 소개된다. 그의 소원은 오로지 배필을 얻고자 하는 것이었고, 이 욕망은 저포놀이라는 허망한 행위로 이어진다. 이것은 양생이 현실에서는 배필을 구할 수 없다는 불우한 처지를 드러내는 동시에 배필을 맞이하고 싶은 양생의 욕망이 얼마나 간절한 것인가를 드러내는 장치이기도 하다.

「이생규장전」에서 이생은 폐허가 된 집을 바라보며 실의에 빠졌을 때 원귀가 된 최랑과 만나게 된다. 살던 집은 폐허가 되었고, 아내는 죽어 슬픔을 견딜 수가 없었으며, 지난날의 즐거움은 한바탕 꿈처럼 느껴질 뿐이었다. 그런데 이때 죽었던 최랑이 원귀가 되어 등장하자 이미 최랑이 죽었다는 것을 알면서도 사랑하는 마음에 의심도 하지 않고 어디로 피난하여 목숨을 보전하였느냐고 묻는다. 죽은 사람이 살아 있었던 것으로 착각할 정도로 이생 역시 최랑에 대해 간절한 마음을 품고 있었다.

이처럼 「만복사저포기」와 「이생규장전」의 원귀들은 양생과 이생의 간절함이 극에 달했을 때 이들 앞에 나타난다. 마치 이들이 간절하게 애정을 갈구한다는 것을 알고 있다는 듯한 태도이다. 양생과 이생이 애정을 성취하려는 욕망이 극한에 이르렀을 때 원귀가 나타나 이들의 욕망을 해소해주겠다고 했으니, 이 이승의 남성들은 자신 앞에 나타난 여인이 실은 이계의 존재임을 알면서도 원귀의 제안을 거부할 수 없었다. 그러므로 원귀가 양생과 이생 앞에 나타난 것은 우연이 아니라 원귀의 의도에 의해 초래된 것이다. 원귀들은 양생과 이생의 욕망, 즉 애정에 대한 심각한 결핍을 자극하였고, 이를 통해 정절을 지키기 위해 죽는 바람에 추구할 수 없었던 애정 성취의 욕망을 이루려고 하였다.

이승의 존재인 양생이나 이생에게 원귀와의 만남은 욕망을 해소하는 계기가 되었다. 마찬가지로 「만복사저포기」의 원귀나 「이생규장전」에서 원귀가 된 최랑 역시 죽음으로 이루지 못한 욕망을 해소하는 계기가 된다. 그러므로 「만복사저포기」와 「이생규장전」은 죽은 사람이 산 사람의 욕망을 해소해주는 이야기인 동시에, 산 사람인 양생과 이생이 이미 죽은 원귀를 살리는 이야기인 것이다.

정절과 애정 사이의 딜레마

여인들은 정절을 지키기 위해 죽었고, 이로 인해 애정은 성취될 수 없었다. 그러므로 「만복사저포기」와 「이생규장전」에서 정절과 애정은 대립적이다. 죽음은 이승과의 단절을 의미하기에 이루지 못한 이승에서의 사랑은 불가능한 것으로, 정절을 지키는 것과 양립 불가능하다. 그런데 억울하게 죽은 여인들은 원귀라는 초월적인 존재가 되어 이승에 나타남으로써 정절의 수호와 애정의 추구라는 양립 불가능한 상황을 가능하게 만들었다. 정절을 지키기 위해 이승에서 사라져야만 했던 여인들은 원귀가 되어 나타나 양생과 이생을 만나 이루지 못한 사랑을, 못 다 이룬 사랑을 이어가게 되면서 해원의 가능성이 열렸다.

「만복사저포기」의 원귀는 양생과 인연을 맺은 이후 양생에게 은주발을 주어 보련사로 가는 길에 서 있게 함으로써 처녀의 몸으로 죽은 것이 아님을 부모에게 알린다. 이에 원귀의 부모는 양생에게 딸 몫의 재산을 분배해주는 등 양생을 사위로 인정함으로써 딸의 혼인을 허락하게 된다. 원귀는 비록 부모의 허락 없이 인연을 맺었지만, 사후적으로나마 부모의 인정을 받음으로써 부정한 여인이 아님을 확인받은 셈이 된다.

「이생규장전」에서 최랑은 미진했던 혼인 생활을 계속해서 이어나가는데, 이생은 비록 친척과 손님의 길흉사에 축하하거나 조문하는 경우가 있더라도, 문을 걸어 잠그고 밖에 나가지 않고 오로지 최랑과의 사랑에만 몰두한다. 이로써 최랑이 홍건적에게 당했던 억울한 죽음으로 끊어진 부부의 인연은 계속 이어지게 되었다.

이렇게 「만복사저포기」와 「이생규장전」의 원귀는 정절을 지키기 위해 죽음으로써 맺어지지 못한, 그리고 이어지지 못한 인연을 성취해나가면서 해원이 이뤄지는 듯 보인다. 배필을 맞고자 하는 두 남녀의 만남으로 인해 불행했던 두 남녀의 삶은 행복한 삶으로 전환될 듯보인다. 그런데 「만복사저포기」와 「이생규장전」에서 원귀의 행복은잠시일 뿐이었다. 일정한 시간이 흐르자 이들은 각각 양생과 이생에게 영원한 이별을 고하고 저승으로 간다. 애정은 일시적으로만 실현될 뿐, 원귀의 약속대로 백년해로가 되지 못한다. 이는 애정을 성취하고자 하는 원귀의 해원이 이루어지지 않았음을 의미하는 것이기도하다.

「만복사저포기」와 「이생규장전」에 등장하는 원귀는 죽음의 직접적인 원인에 대한 이의를 제기하는 것이 아니라는 점에서 원귀가 등장하는 다른 작품들과는 상이한 면모를 보여주고 있다. 원귀는 자신을 죽게 한 인물 혹은 상황에 대해 억울함을 하소연하는 것이 보통이지만, 「만복사저포기」와 「이생규장전」의 원귀는 자신의 죽음 자체를억울하게 여기지는 않았다. 정절을 지키려다가 죽었기 때문에 이루지 못한 애정을 문제 삼았다. 그리하여 복수나 재생 등 죽음과 직접관련된 사항이 아니라 애정을 성취하는 것으로 해원을 하고자 했다.그렇다면 원귀에게 애정은 어떤 의미일까? 그리고 결국 애정을 이룰수 없다는 설정, 해원을 이루지 못한 상황은 어떻게 이해할 수 있을까?

애정을 이루고자 돌아온 원귀

「만복사저포기」와 「이생규장전」에서 '애정'이 무엇을 의미하는지 파악하기 위해서는 원귀가 이승의 남성들에게 영원한 이별을 고할 당시에 했던 말에 주목할 필요가 있다.

"저의 행동이 계율을 어겼다는 것은 저 스스로 잘 알고 있어요. 어려서 『시경』이나 『서경』 같은 경전을 읽어서 예의가 무언지는 조금 압니다. 그러니 『시경』 「건상」에서처럼 정절을 지키지 않고 여인이 남자에게 정담을 속삭이는 것이 겸연쩍은 일이고, 『시경』 「상서」에서 말하였듯이 무례한 행동이 부끄러운 일이란 사실을 모르는 게 아니랍니다. 그러나 오랫동안 쑥덤불 속에 거처하여 들판에 버려져 있다 보니, 애욕이 한번 일어나자 끝내 걷잡을 수 없었어요. 그러다가 지난번 절에서 복을 빌고 법당에서 향불을 피우고는 일생의 운수가 박하다고 스스로 탄식하였는데, 거기서 뜻밖에도 삼세의 인연을 만나게 되었지요. 그래서 몽치머리에 가시나무로 비녀를 삼은 가난한 차림이라도 좋으니 아낙으로서 낭군에게 인생 백 년 동안 높은 절개를 바치고, 술 빚고 옷을 깁는 부지런한 살림살이를 하여 한평생 지어미로서의 길을 닦으려 했던 것이에요. 하지만 한스럽게도 업보는 피할 도리가 없어, 저승 길은 가야만 해요. 즐거움이 미처 극에 이르지도 않았는데 슬픈 이별의 시간이 갑작스레 닥쳐왔군요. 이제 저의 발걸음이 병풍 안으로 들어가면, 신녀 아향이 우레의 수레를 돌릴 것이고, 그러

면 구름과 비는 양대에서 개고 까치와 까마귀는 은하수에서 흩어
질 거예요. 이제 한번 이별하면 훗날의 만남은 기약하기 어렵겠
지요. 작별에 임하고 보니 정말 서글프고 정신이 아득하여 무어
라 말씀드려야 할지 모르겠군요."

「만복사저포기」의 원귀는 영원한 이별을 앞두고 양생에게 작별의
인사를 하려고 한다. 자신은 어린 시절 『시경』이나 『서경』 같은 유교
의 경전을 읽어서 여성의 도리가 무엇인지 안다는 데서 정절을 중요
하게 생각하고 있음을 알 수 있다. 그러므로 왜구의 침입에서 정절을
지키기 위해 목숨을 내놓았던 것이다. 그런데 걷잡을 수 없는 애욕이
일어났고, 이 애정의 욕망을 충족하기 위해 부처님께 발원을 올리는
와중에 양생을 만났다고 말한다.

여기까지만 읽는다면 원귀의 욕망은 주체할 수 없는 성적 욕망으
로 읽히기도 한다. 그러나 양생을 만난 이후 어떤 삶을 살려고 했는
가를 서술하는 대목에서 원귀가 추구하는 애정의 정체는 성적 욕망
이 아님을 알 수 있다. 원귀는 '아낙과 지어미의 삶'을 살기 위해서 애
정을 욕망하였음을 고백한다. 가난하더라도 보통의 여성처럼 결혼을
하고 아이를 낳고 살면서 절개를 지키는 것이 자신의 최종적인 욕망
이라는 것이다. 양생과의 애정을 통해서 원귀는 평범한 여성으로서
살아가고자 하는 욕망을 해소하려고 했던 것이다. 즉, 원귀가 충족하
고자 하는 애정은 평범한 여성의 삶을 누리기 위한 것이었다.

원귀는 평범한 여성의 삶을 누리고자 하였다. 그러나 전란으로
인해 정절을 지키고자 죽음으로써 아낙과 지어미의 삶은 불가능한

것이 되었다. 정절과 애정은 죽음과 삶이라는 극단의 상황에 놓인 것으로, 동시에 추구될 수 없는 욕망이었다. 그러나 원귀라는 초자연적인 존재가 되어 이승에 돌아옴으로써 죽은 여인은 정절을 지키기 위해 죽은 이후에도 산 사람과 애정을 추구할 수 있었다. 양생을 유혹하여 인연을 맺고 부모님께도 인정받음으로써 평범한 아낙으로서의 삶을 영위해나가려 한다.

「이생규장전」의 원귀 역시 「만복사저포기」의 원귀와 같은 욕망을 추구한다. 「이생규장전」의 최랑은 「만복사저포기」의 원귀와는 달리 이미 이생이라는 지아비가 있었으므로 이생 앞에 나타나 끊어진 혼인 생활을 이어나가자고 제안한다. 이것은 전란 이전의 이생의 아내로서, 평범한 아낙의 삶으로 돌아가겠다는 의지의 표현이다. 최랑 역시 평범한 여성의 삶을 살고자 이승으로 돌아온 것이다.

이처럼 「만복사저포기」와 「이생규장전」에서 애정의 의미는 '평범한 여성으로서의 삶'이라 할 수 있다. 평범한 여성의 삶은 정절과 마찬가지로 여성이라면 누구나 추구하려는 가치이다. 「만복사저포기」에서 이것은 원귀의 입을 통해 '절개'로 표상된다. 이런 점에서 정절과 애정 둘 모두는 여성이라면 추구해야 할 가치이지만, 정절은 죽어서야 이룰 수 있는 것인 반면, 애정은 살아서야 추구할 수 있다는 점에서 동시에 추구될 수 없다. 정절을 지키게 되자 여인들은 평범한 여성으로 살 수 없었다. 이것이 한이 되어 원귀가 되어 이승으로 돌아왔으며, 양생과 이생을 만나서 보통의 여성이 사는 삶을 누리고자 한다.

저승으로 가야 하는 운명

그러나 앞서 살펴본 바와 같이 이것은 다만 일시적인 행복일 뿐이었다. 시간이 지나자 원귀는 양생과 이생에게 영별(永別)을 고하고는 떠난다. 이는 이승과 저승의 법칙에 의한 것으로, 귀신은 일시적으로 이승에 머물 수 있을 뿐, 결국 저승으로 가야만 하는 존재이기 때문이다.

> "저승길의 운수는 피할 수가 없답니다. 천제께서 저와 그대의 연분이 아직 끊어지지 않았고 또 아무 죄가 없음을 살피시어, 환체를 빌려주어 그대와 함께 잠시 시름으로 애간장을 끊도록 하였던 것이지요. 하지만 오랫동안 인간 세상에 머물러 있으면서 이승 사람을 현혹시킬 수는 없지요."

「이생규장전」에서 원귀가 된 최랑은 자신이 이승으로 온 것은 천제께서 아량을 베풀어주신 덕분으로, 그것은 일반적인 유명의 법칙에서 허용되는 것은 아니라고 말한다. 죽은 최랑은 천제의 특별한 배려로 인해 잠시 이승에 머물 수 있었지만, 이승에 머무는 시간은 약속되어 있어서 그 시간이 지나자 저승으로 가야만 했다.

이러한 원귀의 사라짐은 김시습이 평소 여러 글들을 통해 보여주었던 귀신론의 반영으로 읽히기도 한다. 김시습은 「귀신」, 「귀신설(鬼神說)」, 「생사설(生死說)」과 같이 귀신과 관련된 여러 편의 글을 남겼는데, 그 내용은 주희의 귀신론을 계승한 것이다. 그러므로 김시습에게 있어서 원귀는 자연의 조화로운 질서에 순응하지 못하며, 사라져야 할 존재로 이해된다.

　　석경당이 진에서 말한 것과 신이 신 땅에 내린 일, 대들보에서 휘파람 불었다는 것, 그리고 그 방을 내려다보며 화와 복을 알려 주었다고 하는 것 등에 이르러서는 빽빽한 숲에 의지한 사특한 기(氣)이다. 이 기로 말하자면 때로는 사람의 마음의 미혹함이 감응되어 부른 것이 그렇게 한 것이다. 또 어떤 것은 기가 아직 미진한 것이 있어 강사하여도 오히려 무형한 속에 체재하여, 마치 거울에 입김을 불면 안개가 끼고 추위가 심하면 얼음이 되는 것과 같으니, 오래되어서야 자연히 사라져가는 것이다.*

김시습은 원귀가 미혹한 사람의 마음에 감응되어 그렇게 보일 뿐이며, 언젠가는 반드시 사라지는 것으로 간주한다. 그러므로 잠시나마 원귀가 이승에 머물 수 있다 하더라도 원귀는 언젠가 저승으로 돌아갈 운명에 처한 존재이며, 이는 「만복사저포기」와 「이생규장전」의 원귀가 결국 사라지는 모습과도 일치한다.

　　그런데 이처럼 성리학적 귀신관에 철저한 김시습이 「만복사저포기」와 「이생규장전」이라는 전기소설(傳奇小說)을 썼다는 점에 유의할

---

*　　김시습, 「귀신설」, 세종대왕기념사업회 편, 『(국역) 매월당집』 3, 세종대왕기념사업회, 1982, 175~176쪽. "至於石言於晉. 神降于莘. 嘯于梁. 瞰其室. 報禍福. 依叢藪. 邪戾之氣. 則或爲人心之惑. 感召之使然. 或有氣未盡強死. 尚滯無形之中. 如呵鏡成翳. 寒甚化氷. 久久自然消散去了."

필요가 있다. 귀신관을 논증하거나 확인하기 위해서라면「귀신설」이나「생사설」과 같은 한문학 고유의 문체를 활용하면 충분했을 것이다. 그런데 소설이라는 허구의 장르를 선택했다는 것은 김시습이 소설이라는 장르를 통해 말하고 싶었던 것이 있었다는 의미이다.

지켜지지 못한 백년해로의 약속

원귀가 이승의 남성인 양생과 이생에게 약속했던 것은 '백년해로'였다.「만복사저포기」에서 원귀는 만복사에서 인연을 맺고 개녕동으로 이동할 때, 그리고 개녕동에서 보련사로 양생을 보낼 때 양생에게 백년해로를 약속하였다. 원귀의 백년해로 약속 때문에 배필을 맞고자 하는 욕망에 사로잡힌 양생은 원귀의 의도대로 개녕동으로, 보련사로 이동하였다.

「이생규장전」의 사정도 다르지 않다. 실의에 빠진 이생 앞에 나타난 원귀 최랑은 이생에게 백년해로를 약속하였고, 이에 이생은 최랑이 귀신인 줄 알면서도 그녀를 너무나도 사랑한 나머지 그 제안을 받아들이고 두문불출하며 최랑과의 인연을 이어간다. 이생 역시 양생과 마찬가지로 원귀의 백년해로 제안을 믿고 원귀의 뜻에 따라 행동하였다.

이처럼 백년해로의 약속, 즉 결핍된 애정의 욕망을 충족시켜주겠다는 원귀의 약속은 남성 인물들의 행동을 유도한다. 원귀는 남성 인물들에게 백년해로를 약속함으로써 자신의 욕망을 성취할 수 있었다. 양생과 이생의 바람은 혼인하여 평생을 함께하는 것이었는데, 원귀의 백년해로 약속은 이 둘을 충족시켜주겠다는 것이었으니, 양생과 이생은 원귀의 제안을 거부하기 어려웠다.

그러나 이 백년해로의 약속은 지켜지지 않았다. 유명의 법칙에 의해 원귀는 저승으로 돌아가야 할 운명이었고, 그렇다면 원귀와 이승의 남성이 헤어져야 하는 것은 이미 예정된 것이었다고 볼 수 있다. 더구나 「이생규장전」에서 최랑은 이생에게 그들의 만남이 천제에 의해 3년 동안만 허락된 것임을 고백하는데, 이것은 원귀가 된 최랑이 처음부터 예정된 이별을 알았다는 증거이다. 그런데도 원귀가 된 최랑은 평생 모시겠다는 말로 이생을 유혹한다. 그러므로 원귀는 백년해로의 약속이 지켜지지 않을 것임을 알고 있었던 것이며, 지켜지지 못할 약속을 양생과 이생에게 했던 것이다. 그렇지 않고서는 일시적인 것이 아닌 지속적으로 애정 관계를 맺고자 하는 양생과 이생을 유혹할 수 없었기 때문이다.

정해진 시간이 지나자 원귀들은 슬픔을 머금은 채 저승으로 가야 했다. 「만복사저포기」든 「이생규장전」이든 원귀들은 영별의 장면에서 서글픔을 토로하며 떠나는데, 이것은 원귀들이 이승에서의 해원이 만족스럽지 못함을 의미한다. 「이생규장전」의 영별의 장면에서 최랑은 흩어진 자신의 유해를 수습해달라는 부탁을 남기지만, 유해가 수습되었다고 해서 평범한 여성의 삶을 살아갈 수 있는 것은 아니다. 이처럼 원귀들이 영별의 순간에 서글퍼하는 것은 일시적인 만남으로는 원귀들의 욕망이 해소될 수 없기 때문이다. 그런데도 원귀는 정해진 수순에 따라 저승으로 가면서 양생과 이생에게 영별을 고한다. 이처럼 원귀들이 욕망을 끝까지 추구하지 않는 것은 어떤 의미인가? 해원이 충분하지 못했는데도 이승에서 사라지는 것은 어떻게 해석할 수 있는가? 다만 유명의 법칙만으로 설명될 수 있는가?

어떤 정절이 더 소중한 가치인가?

여기서 다시 원귀들이 등장했던 이유를 살펴볼 필요가 있다. 「만복사저포기」와 「이생규장전」에서 원귀들은 모두 정절로 인해 죽어서 이루지 못한 욕망을 성취하고자 양생과 이생 앞에 나타났다. 그 욕망은 애정의 성취였는데, 그렇다면 원귀들은 정절보다 애정 성취를 더 중요하게 여긴다는 의미로 해석될 수 있다.

그러나 원귀들은 정절을 지키기 위해 한 치의 망설임도 없이 죽음을 선택하였다. 「만복사저포기」의 원귀는 양생을 부모에게 보냄으로써 양생과의 관계를 사후적으로나마 인정받으려 했고, 영별의 장면에서 유교의 도리를 아는 여성임을 강조하였다. 「이생규장전」에서 최랑은 이생과 이미 맺어졌으므로 혼인하지 못한다면 죽겠다면서 이생에 대한 절개를 지키겠다고 했다. 이처럼 원귀들은 정절을 소중하게 생각했다.

정절과 애정은 동시에 추구할 수 없는 가치이다. 정절이 위기의 상황에서 죽음으로 지킬 수 있는 가치라면, 애정은 평범한 삶에서 여인이 지켜야 할 도리였다. 둘은 마땅히 여성이라면 지켜야 할 도리이지만, 죽음과 삶이라는 극단에서 추구되는 것으로, 동시에 추구될 수 없는 가치이다. 원귀의 출현은 죽음으로 인해 추구할 수 없었던 평범한 여인의 삶을 사는 데 목적이 있으며, 이것이 해원의 내용이다. 그런데 해원이 채 이뤄지기도 전에 원귀들은 서글픔을 머금고 저승으로 향한다.

만약 해원이 이뤄진다면, 이들의 애정이 성취된다면 작품의 논리는 정절보다는 애정이 더욱 중요한 가치라는 결론에 도달하게 된다. 정절을 지키려다가 죽은 여인이 원귀가 되어 나타나 평범한 여성의 삶을 산다는 것은 정절을 위해 죽은 것이 잘못되었음을 의미하기 때문이다. 그러나 해원은 이뤄지지 않았다. 그럼으로써 애정의 욕망이 정절의 가치보다 더 중요하다는 논리에서 빗겨나게 된다.

그렇다면 애정은 성취되지 못하고 원귀가 저승으로 가게 되었으므로 정절은 애정보다 더 중요한 가치라고 볼 수 있는가? 그렇지도 않다. 애초에 원귀라는 존재는 이승의 남성과 맺어질 수 없다. 유명의 법칙은 원귀가 결국은 저승에 돌아가야 한다는 것과 함께 인간과 원귀가 애정 관계를 지속할 수 없음을 전제한다. 그런데 이 불가능을 알면서도 원귀는 기어이 이승으로 돌아오며, 결국 헤어질 것을 알면서도 이승의 남성을 유혹하여 애정 관계를 맺고 평범한 여성으로서의 삶을 추구하려고 한다. 그렇다면 애정의 추구라는 것이 이들에게 얼마나 중요한 문제인가를 알 수 있다. 이것은 쉽게 포기할 수 없는 가치, 반드시 추구해야 할 가치인 것이다. 그러므로 정절보다 애정의 문제가 더 가치 없다고 말할 수도 없는 것이다.

원귀는 정절과 애정 두 가지 가치 사이에서 딜레마에 빠져 있다. 정절을 추구하고 죽었는데 원귀가 되었다는 것은 애정, 즉 평범한 여성의 삶에 미련이 남았다는 의미이다. 그러나 원귀가 이승으로 돌아와 평범한 여성의 삶을 채 마치지도 못하고 저승으로 갔다는 것은 애정의 가치를 끝까지 추구할 수 없다는 뜻이다. 정절과 애정 모두를 추구하고 싶지만, 그럴 수가 없고, 그렇다고 어느 한 가지를 선택할 수도 없다. 원귀는 정절과 애정 가운데 어느 것이 더 중요한 가치인지 결정을 내리지 못하고 있다.

원귀는 정절과 애정이라는 양립 불가능한 상황을 공존하게 만들었으며, 이를 통해 어떤 가치가 더 소중한 것인가라는 질문을 던지고 있다. 그러나 어떤 것이 더 낫다고 판단할 수 없었고, 저승으로 감으로써 판단을 유보한다. 죽어서라도 지켜야 할 정절의 가치와 살아서 지켜나가야 할 여성의 도리는 우열을 가릴 수 없는 대상인 것이다.

「만복사저포기」와 「이생규장전」의 여성 원귀는 유교의 가치에 대한 물음을 던지고 있다. 「만복사저포기」와 「이생규장전」은 여성 원귀라는 소재를 통해 정절과 애정, 두 가지 유교의 가치 가운데 어떤 것이 더 중요한가를 극단의 상황으로 몰고 가 탐색해본 것이라 할 수 있다.

그런데 아내가 남편에게 절개를 지키는 것은 남성이 임금에게 충성을 다하는 것에 비유된다. 여인의 정절은 남성에게도 해당한다는 점에서 이것은 여성에 대한 물음뿐 아니라 남성에 대한 질문이기도 하다. 그런 점에서 「만복사저포기」와 「이생규장전」은 여성 원귀를 소재로 유교의 가치에 대한 물음을 던지고 나름의 답을 도출하는 과정을 그린 작품으로 이해할 수 있다.

2

유교 이념은 어떻게 실천되어야 하는가?

「하생기우전」

억울한 죽음과 되살아나고픈 욕망

「하생기우전(何生奇遇傳)」은 대체로 하생을 중심으로 연구되었다. 여기서는 여성 원귀를 중심으로 「하생기우전」을 읽어보도록 하겠다.

"이곳은 사실 인간 세상이 아닙니다. 첩은 바로 시중 아무개의 딸이온데, 죽어서 이곳에 묻힌 지 사흘이 지났습니다. 우리 아버지께서는 오래 요직을 차지하고 계시면서 사소한 원한까지도 복수를 하여 사람을 매우 많이 해쳤습니다. 그래서 애초에 아들 다섯과 딸 하나를 두셨는데, 다섯 오빠들은 아버지보다 먼저 요절하였고 제가 홀로 곁에서 모시고 있다가 지금 또 이렇게 되었습니다. 어제 상제께서 저를 부르시어 명하시기를, '네 애비가 큰 옥사를 심리하면서 죄 없는 사람 수십 명을 온전히 살려주어 지난날 다른 사람을 중상하여 해쳤던 죄를 용서받을 수 있게 되었다. 다섯 아들은 죽은 지 오래되어 어찌할 수가 없고, 너를 다시 인간 세상으로 돌려보내야겠다.'라고 하였습니다. 저는 절을 하고 물러나왔습니다. 기한이 오늘까지인데 이 기한을 넘기면 다시 살아날 수가 없습니다. 오늘 낭군을 만나게 된 것 역시 운명인가 봅니다. 영원히 좋은 사이가 되어 평생 낭군을 모시며 뒷바라지를 하고자 하는데, 낭군께서는 허락해 주시겠습니까?"

하생도 울먹이며 말했다.

"그 말이 사실이라면 마땅히 목숨을 걸고 그렇게 하겠습니다."

여인이 이에 베갯머리에서 금척 하나를 꺼내주며 말했다.

"낭군께서는 이것을 가지고 가서 국도의 저잣거리 큰 절 앞에 있는 하마석 위에다 올려놓으십시오. 반드시 알아보는 사람이 있을 것입니다. 비록 곤욕을 당하는 일이 있더라도 제 말씀을 잊지 마시기 바랍니다."

원귀는 하생과 하룻밤을 보낸 이후 자신이 원귀가 된 내력과 다시 살아날 방도를 하생에게 고백하면서 자신이 다시 살아날 수 있게 도와달라고 부탁한다. 원귀는 자신의 아버지가 시중(侍中)이라는 높은 벼슬아치인데, 요직을 거치면서 사소한 원한까지 복수를 하여 많은 사람들을 해쳤다고 한다. 그 벌로 시중의 자식들이 죽게 되었고, 자신 역시 아버지 대신 희생되었다고 했다. 자신의 잘못이 아닌 아버지의 잘못 때문에 비명횡사하였기에 희생된 여인은 억울할 수밖에 없고, 이 억울함 때문에 원귀가 되어 이승에 나타났다.

그런데 원귀의 아버지가 큰 옥사를 심리하면서 죄 없는 사람을 수십 명 살려주었고, 이로 인해 상제로부터 이전에 남을 중상하여 수십 명을 해친 죄를 용서받게 되었다. 먼저 희생된 다섯 아들은 죽은 지 오래되어 다시 살려낼 수 없으니, 가장 최근에 죽은 딸에게 다시 살아날 기회가 주어진다. 이로써 원귀는 억울함을 해소할 가능성을 얻게 된다. 소생의 기회를 살리고자 원귀는 복사(卜仕)의 점괘대로 도성 남문을 나서서 산길로 접어들었다가 우연히 자신의 무덤 앞에 와서 하룻밤을 묵고자 했던 하생을 유혹한다. 하생과 인연을 맺고는 그간의 사정을 설명하면서 자신의 소생에 도움을 준다면 평생을 모시겠다고 제안한다.

「하생기우전」의 하소연 장면은 「만복사저포기」와 「이생규장전」에서 원귀가 양생과 이생에게 백년해로를 제안하는 장면을 떠올리게 한다. 또한 「하생기우전」이 두 작품의 자장 안에서 창작되었음을 강력하게 시사하는 부분이기도 하다. 그러나 「만복사저포기」와 「이생규장전」에서의 원귀들이 이승의 남성과 인연을 맺기 이전에 자신의 사연을 밝혔던 것과는 달리, 「하생기우전」에서는 이승의 남성과 인연을 맺은 이후 자신의 사연을 전달한다는 점에서 차이를 보인다. 또한 「만복사저포기」와 「이생규장전」의 원귀가 스스로 저승의 존재임을 밝히기 전에도 양생과 이생이 충분히 이승의 존재가 아님을 알 수 있었던 것과 달리, 「하생기우전」의 원귀는 하생과 하룻밤의 인연을 쌓을 때까지 철저하게 자신이 저승의 존재임을 숨긴다. 원귀 스스로 자신이 저승의 존재임을 고백하기 전까지 하생은 원귀의 정체를 전혀 알 수 없었다. 이러한 차이들은 「하생기우전」이 「만복사저포기」와 「이생규장전」과는 또 다른 서사로 구성될 것임을 예상하게 만든다.

그렇다면 「하생기우전」의 결연은 「만복사저포기」나 「이생규장전」과는 다른 의미가 있는 것으로 판단할 수 있다. 결연의 의미가 무엇인가? 왜 원귀는 하생을 유혹하여 인연을 맺게 되는가?

원귀의 욕망

원귀가 하생을 유혹하여 결연을 맺으려는 것은 소생의 욕망 때문이다. 원귀는 억울하게 죽었는데 상제로부터 다시 살아날 기회를 얻었다. 이 기회를 살리기 위해 하생을 유혹하고 하룻밤을 보낸 이후 눈물을 흘리며 하생에게 자신을 살려달라고 하소연을 하였다.

원귀는 다시 살아나기 위해서 가족에게 발견되어야 했다. 그러기 위해서는 누군가가 가족에게 자신의 상황을 알려야 했고, 그에 적합한 인물로 하생이 선택되었다.

원귀와 하생이 만나게 된 것은 하생이 만났던 점쟁이의 점괘 때문인 것처럼 보인다. 하생은 비록 가난한 집안 출신이었지만 뛰어난 실력을 인정받아 태학에 들어올 수 있었다. 그러나 "조정이 이미 어지러워져 인재 선발도 공정하게 이루어지지 않아" 입신양명의 꿈은 이룰 수가 없어서 울적한 마음을 달래려고 복사를 찾아간다. 복사로부터 부귀할 운명을 타고났으며, 오늘 액땜을 하여 좋은 배필을 얻을 것이라는 말을 들은 하생은 복사의 말을 따라 도성 남문의 산길을 헤맸고, 거기에서 원귀를 만나게 되었다. 그러므로 원귀와 하생의 만남은 하생의 예정된 운명인 것처럼 보인다.

그러나 하생은 원귀의 해원을 이뤄줄 만한 조건을 갖춘 인물이었다는 점에 주목할 필요가 있다. 그는 장가를 가고 싶은 소망과 출세하고 싶은 욕망을 품고 있었는데, 세상이 혼탁하여 그 욕망들이 이뤄질 기미가 보이지 않자 복사에게 자신의 운명을 물어볼 정도로 절망적인 상황에 놓여 있었다. 원귀는 이처럼 욕망이 좌절된 절망적인 상황에 놓인 하생 앞에 나타나 자신이 다시 살아나도록 도와준다면 하생을 평생 모시겠다고 제안한다. 원귀는 하생의 장가를 가고 싶은 욕망을 자극한 것이다. 이는 「만복사저포기」나 「이생규장전」의 원귀들이 양생과 이생 앞에 나타나서 배필을 맞이하고 싶은 욕망을 자극하는 모습과 겹친다. 원귀는 해원을 위해서 이승의 남성이 거부할 수 없는 제안을 한다. 그러므로 원귀와 하생은 각각 소생하고자 하고 장가를 가고자 하는 서로의 욕망을 이룰 수 있는 상호적 관계 혹은 계약적 관계가 된다.

밀고 당기고, 원귀의 연애 전략

그러나 「만복사저포기」의 양생이나 「이생규장전」의 이생은 원귀의 제안을 받아들이자 바로 원귀와 인연을 맺었던 반면, 「하생기우전」의 하생이 욕망을 성취하기 위해서는 원귀가 내건 조건을 수행해야만 했다. 그리고 그것은 곤욕을 감당해야 할 정도의 일이었다. 이 곤욕을 하생이 견뎌내서 원귀가 살아나야만 지켜질 수 있는 약속이다. 하지만 이 약속은 불완전한 것이다. 비록 원귀가 하생의 욕망이 배필을 맞이하는 것이어서 그것을 조건으로 내건다고 해도 하생의 입장에서는 그것을 완전히 믿을 수는 없다. 원귀와 하생은 아무 관계도 없는, 처음 만난 사이였을 뿐 아니라, 혼사는 두 남녀의 약속만으로 이뤄지는 것이 아니기 때문이다. 그렇다고 여인으로서 하생의 다른 욕망인 출세를 보장해줄 수도 없는 노릇이었다. 그래서 원귀는 다른 방법이 필요했으니, 그것이 바로 하룻밤의 인연이었다. 그러나 원귀는 하생이 자신을 단순히 하룻밤 상대 정도로만 생각하게 하는 것이 아니라, 하생의 마음을 뒤흔들면서 자신에게 푹 빠지도록 만들어야 했다. 그래서 원귀는 자신의 부탁을 하생이 꼭 들어주도록 하생의 마음을 움직여야 했으며, 그러기 위해 하생에게 자신이 이승의 살아 있는 인간이 아니라는 사실을 감춘 채 접근한다.

하생은 복사의 점괘를 듣고는 반신반의하지만, 복사의 말대로 도성 남문 밖으로 나간다. 거기에서 눈으로 똑바로 바라보지 못할 정도로 아름다운 여인, 즉 원귀를 보게 된다. 그러나 지키는 사람이 있을까 두려워 물러나오다 발걸음 소리를 내자 여인은 누가 발소리를 냈는지 시녀들에게 묻는다. 이때 시녀들 가운데 아무도 소리를 내지 않았다는 말을 듣자 그 여인은 "지난밤에 꾼 좋은 꿈 이야기를 내 너희들에게 말해주었지 않니? 임께서 오신 것이 아닐까?"라고 말한다.

유학을 공부하는 서생의 신분으로 여인만 있는 집의 문을 두드리는 것을 망설일 수밖에 없지만, 마치 낯선 남자를 기다리고 있다는 듯한 여인의 말에 하생은 복사의 점괘를 떠올리며 망설임을 떨쳐버리고 대문을 두드리게 된다. 낯선 남자를 기다리고 있다면 그녀가 바로 복사가 말한 배필이라고 생각했던 것이다. 이처럼 원귀는 체면 때문에 망설이는 하생을 먼저 유혹하여 하생이 접근할 수 있도록 한다.

당연히 여인이 자신을 받아줄 것이라고 생각했던 하생은, 그러나 뜻밖의 반응과 마주하게 된다. 길을 잃어 하룻밤을 묵어가게 해달라는 하생의 부탁을 원귀의 시녀는 단번에 거절한다. 여인 혼자 지내는 집에 남자를 받아들일 수 없다는 시녀의 말은 유교의 명분에 어긋난 것이 아니니, 곧 인연을 맞게 될 것이라고 기대했던 하생은 "어찌할 바를 모르고 아득히 짝을 잃은 듯이 허전하여 문에 기대어 머뭇"거릴 뿐이었다. 원귀는 외간 남자를 기다리는 여인으로 자신을 판단했던 하생의 마음에 제동을 걸어 자신을 쉽게 보지 못하도록 한다.

> "아씨께서 손님이 보통 사람이 아니라는 것을 아시고 '산에는 승냥이나 호랑이 같은 사나운 짐승들이 많고 사방에 사람이 사는 집이 없는데, 다급해서 뛰어든 사람을 내쫓는 것은 좋은 일이 아니다' 하시며, 행랑채에 처소를 정하시도록 허락하셨습니다. 손님께서는 들어가 묵어 가십시오."

그러나 시녀의 냉정함에 어찌할 바를 몰라 밖을 서성이던 하생은 곧 위의 인용문과 같은 원귀의 전언을 듣게 된다. 자신을 쫓아냈던 시녀와는 정반대의 반응이다. 만약 원귀가 처음부터 하생을 받아들였다면 하생은 원귀가 한 말과 복사의 점괘를 떠올리며 원귀와 쉽게 맺어질 수 있으리라 생각하고 행동에 옮겼을 것이다. 호기롭게 문을 두드리는 하생의 모습에서 이와 같은 하생의 생각을 읽을 수 있다. 하생의 생각대로 되었다면 하생은 원귀와의 인연을 그저 하룻밤의 사랑쯤으로 여겼을지도 모른다. 그러나 원귀의 시녀는 하생의 청을 단번에 거절하여 곤란하게 한 이후 다시 하생을 불러 자신의 집에 머물도록 한다. 이에 하생은 시녀에게 "절을 하며 고맙다고 인사하고 행랑으로" 간다. 호기롭던 하생의 이전 모습은 전혀 볼 수가 없다. 하생은 감히 그 아름다운 여인과 맺어질 생각도, 그녀를 유혹할 엄두도 내지 못하게 된 것이다. 이제 두 사람 사이의 주도권은 원귀가 쥐게 된다.

원귀는 하생과의 관계를 주도하면서 하생의 마음을 뒤흔들고 있다. 집 안으로 들어온 하생에 대한 태도 역시 이와 마찬가지이다. 원귀는 시녀를 시켜 하생에게 안부를 물으면서 자신과 시녀 이외에는 아무도 없다는 것을 넌지시 알린다. 원귀는 감히 원귀를 넘볼 생각조차 하지 못하게 되었던 하생에게 다시 접근할 틈을 준 것이다. 그러자 하생은 자신의 처지와 복사가 한 말까지 모두 시녀를 통해 전달하면서 원귀의 마음을 떠본다.

그런데 하생의 사연을 모두 전해 들은 원귀의 반응은 심상치 않다. 원귀는 하생에게 "저도 점쟁이의 말을 믿고 액땜을 하려고 이곳에 오게 되었으니, 이는 우연한 일이 아닙니다."라고 말함으로써 자신에게 어떤 사연이 있음을 알림과 동시에 둘의 만남이 우연한 일이 아니라면서 원귀와 하생 사이에 인연이 있음을 강조한다. 하생의 입장에서는 다시 복사의 점괘를 떠올릴 만한 상황이다. 그러자 하생은 여인이 무엇을 액땜하러 왔는지 시를 적어 물어보고, 원귀는 하생을 유혹하는 시를 보내어 원귀의 방으로 하생이 찾아오도록 만든다. 원귀의 방 앞에서 머뭇거리던 하생은 누군가를 기다리는 듯한 원귀의 모습에 용기를 내어 원귀에게 다가가고 원귀는 애교스럽게 고개를 숙이고 부끄러워하며 "인연이 이미 이루어졌으니, 피할 수 없게 되었습니다."라고 말함으로써 하생을 유혹한다. 이로써 둘은 인연을 맺게 된다.

원귀와 하생이 인연을 맺는 과정에서 그것을 주도하는 것은 원귀이다. 원귀는 하생의 마음을 밀고 당기면서 하생의 욕망을 점차 확대시켜나가고 있다. 하생이 원귀를 쉽게 생각할 때는 거리를 두고, 하생이 원귀를 어렵게 생각할 때는 틈을 보이면서 하생의 마음을 흔든다. 하생의 입장에서 쉽게 얻을 것 같던 원귀와의 만남은 점차 지연되면서 원귀에 대한 마음이 증폭되었다고 할 수 있다. 이러한 과정 끝에 원귀와 하생은 극진한 사랑을 나누게 된다. 하생이 둘의 인연이 맺어졌다고 생각하는 순간, 원귀는 흐느껴 울면서 자신의 처지를 하소연한다. 그리고 자신이 하생 덕분에 소생하게 된다면 배필이 되겠다고 제안함으로써 하생의 욕망을 자극한다. 배필이 된다는 것은 원귀가 하생과의 만남을 하룻밤의 인연으로 끝내지 않고 정식으로 혼인하겠다는 것이니, 이미 원귀에 대한 애정이 극대화된 하생은 이 제안을 받아들인다.

비록 하생의 마음을 흔들어 하생의 욕망을 극대화시킨 후 하룻밤을 보내고 혼인의 약속을 했으면서도 무덤을 벗어나는 순간 하생은 원귀의 말을 의심하였으니, 원귀가 하생을 유혹하여 해원을 이루는 것이 얼마나 어려운 일인지 알 수 있다. 그러므로 원귀는 보통의 수단으로는 하생의 마음을 붙들 수가 없었다. 그래서 여인으로서 혼인도 하지 않고 외간 남자와 정을 통한다는 것은 유교의 윤리로는 허용되지 않는 일이지만 소생을 위해 어쩔 수 없이 하생과 결연을 맺는다. 절박한 상황에 놓인 원귀는 하생에게 믿음을 주기 위해, 하생의 사랑을 얻기 위해 결연이라는 극단적인 방법을 사용할 수밖에 없었던 것이다. 원귀는 하생의 마음을 뒤흔들고서는 여인으로서는 허용하기 어려운 것을 하생에게 허용함으로써 성의를 보였다. 여기에 더불어 혼인의 약속을 내걸어 하생이 자신의 부탁을 들어주도록 만들었다.

그러므로 결연은 소생의 욕망을 성취하기 위한 필수 과정이라 할 수 있다. 원귀는 자신의 욕망인 소생을 이루기 위해 하생의 마음을 사로잡는 과정에 두 남녀의 결연이 놓여 있다. 「만복사저포기」와 「이생규장전」에서 원귀는 평범한 여인으로서의 삶을 누리고자 이승에 등장하였으니, 양생이나 이생과의 결연은 그 자체가 목적이었다. 반면 「하생기우전」은 소생을 위해 필요한 과정이라는 점에서 「만복사저포기」와 「이생규장전」과 차이를 보인다.

이제 원귀의 소생, 즉 해원이 갖는 의미를 살펴볼 차례이다. 이 의미를 파악하기 위해서는 소생한 이후의 서사를 함께 들여다볼 필요가 있다.

아버지의 반대로 초래된 혼인의 위기

원귀와 하생의 계약은 하생이 원귀의 제안을 충실하게 이행함으로써 체결되는 듯했다. 하생은 "여인의 부탁도 소중하고 사랑하는 마음도 깊은지라" 원귀 집안의 노비들이 그를 욕보이는 곤욕을 참고 결박을 당한 채 시중에게 원귀와 있었던 일을 말한다. 하생이 생전의 딸의 모습을 정확하게 묘사하자 하생의 말을 사실로 확신한 원귀의 어머니는 하생을 믿고 무덤을 열어보기를 원한다. 그리하여 원귀는 관 밖으로 나와 소생하게 됨으로써 원귀의 해원은 이뤄진다.

원귀는 자신이 아닌 아버지의 잘못으로 인해 죽었기에 억울했다. 그런데 상제로부터 다시 살아날 기회를 얻은 원귀는 배필을 맞이하고픈 욕망에 사로잡힌 하생을 유혹하여 소생하고자 하는 자신의 욕망을 충족시키려 했다. 하생은 원귀의 혼인 제안을 받아들였고, 덕분에 원귀는 이승으로 돌아오게 되었다. 이제 원귀가 하생에게 했던 혼인의 약속만이 남게 된다.

그런데 서사는 여기서 그치지 않고 다시 심각한 갈등이 발생한다. 소생한 원귀와 하생의 혼인을 원귀의 아버지가 반대함으로써 다시 갈등이 시작된다.

하생은 용모와 재기가 실로 보통 사람이 아니어서 사위로 삼는데 무슨 망설일 게 있겠습니까? 다만 집안이 우리와는 맞지 않고일 또한 꿈같이 허탄하니, 이번 일로 해서 그와 혼사를 이룬다면세상 사람들이 괴이하게 여길까 염려됩니다. 내 생각에는 후한답례품으로 보답하는 것이 좋겠습니다.

위의 인용문은 원귀의 아버지가 딸과 하생의 혼인에 대한 자신의 의견을 아내에게 말하는 대목이다. 원귀의 아버지는 비록 딸이 하생과 혼인을 약속하였지만, 하생을 사위로 맞이할 생각이 없다.

원귀의 아버지가 하생을 사위로 맞기를 꺼리는 이유는 두 가지이다. 하나는 하생 집안의 문제이다. 우리 집안과 맞지 않는다는 시중의 말은 하생의 집안이 한미하여 시중 가문과는 맞지 않는다는 의미이다. 하생은 지방의 가난한 선비로 뛰어난 재능 덕분에 고을 수령의 추천으로 태학에 입학할 수 있었으나, 혼탁해진 과거제도 때문에 입신양명을 할 수 없는 처지였다. 그런 하생이 시중의 사위가 될 가능성을 얻은 것은 그의 딸을 소생시키면서 한 약속 때문이었다. 그러나 고려 최고의 관직인 시중의 집안과 지방 출신의 부모도 없는 가난한 하생은 그 가문의 격차가 너무나도 커서 목숨을 살려준 은혜조차 극복할 수 없을 지경이었다.

시중은 또한 혼사의 과정이 여느 혼사와는 달리 기이한 일과 관련된다는 점에서도 염려하고 있다. 자신의 딸이 하생과 혼인한다면 분명 사람들이 괴이하게 여겨 구설수에 오를 것이라고 염려한다. 딸이 한 약속과 딸을 살려준 은혜보다는 구설수에 오르지 않는 것이 더욱 중요하다고 생각한다. 이처럼 시중은 가문의 체면을 딸의 약속이나 목숨을 살려준 은혜보다 더 중요하게 여겼고, 이러한 이유로 원귀와 하생의 약속은 지켜질 수 없는 상황에 처하게 된다.

현명한 여인의 위기 극복

시중은 하생에게 잔치를 열어 위로를 하고 원하는 바를 물을지언

정 혼사에 대한 말은 한마디도 건네지 않음으로써 자신의 딸과 하생이 약속했던 혼사를 진행시킬 마음이 없음을 에둘러 표현한다. 이에 하생은 크게 실망하게 되고, 원망의 마음을 시로 적어 다시 살아난 원귀에게 전달한다. 하생은 시를 통해 겉으로는 일이 어그러진 것에 체념하는 듯 보이지만, 그 이면에서는 약속을 지키라고 촉구하고 있다.

하생으로부터 시를 전달받은 원귀는 곧 자신이 하생과 했던 혼인 약속이 지켜지고 있지 않음을 알게 된다. 이에 여인은 식음을 전폐하고 아프다는 핑계로 부모에게 무언의 항의를 하는데, 딸의 의중을 파악한 부모가 딸에게 그 사연을 물으면서 사건이 해결될 기미가 생긴다.

원귀는 부모에게 왜 약속을 지키지 않았는가를 따지러 가지 않고, 병을 핑계로 부모를 자신의 처소로 오게 한다. 그러고는 어떤 이유로 아픈가를 묻는 부모에게 "부모를 멀리 대하는 것도 불효이고, 부모에게 사소한 일로 따지는 것도 역시 불효라고 합니다. 감히 멀리 대하려는 것이 아니라, 사소한 일로 부모님께 따지는 것이 될까 염려가 됩니다."라고 말한다. 그러자 시중 부부는 딸에게 하고 싶은 말을 하라고 한다. 원귀는 부모로부터 온전히 발언권을 얻게 된 것이다. 앞서 하생을 유혹하기 위해 하생의 마음을 밀고 당기면서 하생의 욕망을 극대화시켜 자신의 요구를 거부할 수 없게 만들었던 것처럼, 하생과의 약속을 지킬 수 있도록 부모의 마음을 돌리기 위해 발언권을 얻는 그녀의 현명함이 다시금 돋보이는 장면이다.

이에 원귀는 시를 통해 아버지로 인해 자신이 죽었던 일로부터 하생 덕분에 살아났던 상황까지를 묘사한다. 그러면서 하생은 자신을 그저 하룻밤 상대처럼 함부로 대하지 않고 곤욕을 참으면서까지 자신을 살려주었고, 자신은 그 은혜를 갚기 위해 하생에게 사랑을 주었다고 말한다. 하생의 은혜를 강조함과 동시에 혼인의 약속이 이뤄져야 함을 역설하는 것이다. 그리고 나서 다음과 같은 강경한 어조로 부모를 원망한다.

> 아버지시여 어머니시여
>
> 이제부터 앞으로는
>
> 복 받을 일 많이 하여
>
> 후손 편안케 하십시오.
>
> 어찌 목숨을 앗으려 하십니까?

원귀는 부모가 자신의 목숨을 빼앗으려 한다고 말한다. 이것은 만약 하생과의 혼인 약속이 지켜지지 않으면 자살이라도 하겠다는 것, 즉 하생에 대한 정절을 지키겠다는 의미이다. 이는 원귀가 부모에게 한 말의 마지막 구절이 "共姜有鬼 携手同行"이라는 데서 더욱 분명하게 드러난다. 공강(共姜)은 위나라 공백의 아내로, 절개를 지키고자 하는데 어머니가 재혼을 시키려 하자 「백주(柏舟)」라는 시를 지어 정절을 맹세한 인물이다. 원귀는 자신과 공강을 동일시함으로써 하생에 대한 정절을 비유적으로 표현한다. 원귀는 비록 어쩔 수 없이 부모의 허락 이전에 하생과 인연을 맺고 하룻밤을 보내게 되었지만, 일단 하생과 맺어진 이상 반드시 하생과 부부가 되겠다는 의지를 드러낸다.

원귀가 하생을 유혹하고 부모의 허락 없이 연분을 맺은 것은 다시 살아나기 위해서 불가피한 것이었지만 유교 윤리의 시각에서는 비난받을 만한 행동이었다. 그러므로 원귀는 소생하여 그간의 사정을 묻는 부모에게 이상한 일은 한사코 없었다며 부끄러워하였다. 처녀가 외간 남자와 사사로이 정을 통하여 정절을 잃었으니 떳떳할 수 없어 가족과 노복들이 앞에서 하생과의 일을 말하지 않으려고 했다.

외간 남자와 사사로이 정을 통한 사실을 부끄럽게 여기는 원귀의 행위는 정절을 중요한 가치로 여기고 있기 때문에 가능하다. 이러한 장면은 「만복사저포기」와 「이생규장전」에서 이미 목격한 바 있다. 남녀는 사사로이 인연을 맺고 부모는 사후에 두 사람의 관계를 허락하고 인정하였다. 이에 부모의 허락 없이 제멋대로 외간 남자와 인연을 맺은 여성들은 정절을 지킬 수 있게 되었다. 「하생기우전」의 원귀 역시 어쩔 수 없이 혼인도 하지 않은 채 하생과 하룻밤을 보내게 되었으나, 다시 살아나 혼인을 함으로써 그 부정을 만회하고자 한다.

혼인의 약속은 정절의 문제인 동시에 신의의 문제이기도 하다. 원귀는 하생이 자신의 소생을 위해 힘써준다면 혼인을 하겠다고 약속을 했는데, 하생이 약속을 지켰으니 이제 원귀가 약속을 지킬 차례였다. 신의를 지켜야 하는 쪽은 원귀이고, 원귀는 그 약속을 지키려 한다. 그러므로 원귀는 유교의 가치를 소중하게 여기고 그것을 실현하고자 애쓰는 인물로 이해할 수 있다. 그런데 약속을 지킨 하생과 달리 원귀는 아버지가 혼인을 반대함으로써 정절도 신의도 지킬 수 없는 상황에 놓이게 되었다. 정절을 잃고 신의를 지키지 못할 위기에 처한 원귀는 그것을 다시 되돌리기 위해 목숨을 걸고 부모에게 호소한다.

애초에 원귀가 목숨을 잃었던 것은 아버지의 잘못 때문이었다. 원귀의 아버지는 그의 부도덕함 때문에 자식들을 잃어야 했다. 그러나 원귀의 아버지가 관리로서 마땅한 행동을 했을 때 그의 딸은 다시 살아날 기회를 얻었다. 비윤리적인 행동은 목숨을 빼앗았지만, 윤리적인 행위는 목숨을 살렸다. 하지만 원귀의 아버지는 살아 돌아온 딸과 하생의 혼인 약속을 지키지 않으려고 하는데, 이로 인해 시중의 딸은 정절을 잃고 신의를 지키지 못한 비윤리적인 사람이 될 위기에 처한다.

체면을 위해 하생과의 약속을 어기려는 원귀의 아버지는 관리로서 부적절한 처신으로 자식을 잃었던 모습과 다름없다. 원귀의 아버지는 체면이라는 사사로운 이익을 위해 딸과 하생이 했던 약속을 어김으로써 다시 살아난 딸의 목숨을 위태롭게 만든다. 아버지의 부도덕은 반복되고 있으며, 문제는 해결되지 않았다.

다행히 원귀의 아버지는 딸의 말을 듣고는 자신의 잘못을 깨달음으로써 두 사람의 혼인은 이루어진다. 원귀의 지혜롭고 적극적인 행동 덕분에 원귀는 정절과 신의를 지킬 수 있게 되었고, 원귀의 아버지는 부도덕한 행위를 하지 않음으로써 자식을 잃지 않게 되었다. 하생 역시 자신의 운명대로 배필을 맞이하였으며, 인재 선발의 불공정함 때문에 이룰 수 없었던 입신양명의 욕망도 이루게 되었다.

유교적 해결과 한계

「하생기우전」의 인물들은 윤리적이지 못한 상황에 닥쳤을 때 희생당한다. 원귀는 아버지의 부도덕함 때문에 아무런 잘못도 없이 저승으로 갈 뻔했다. 하생은 실력은 있었지만 세상의 부조리함 때문에 등용될 수 없었다. 실력은 충분했지만 등용될 수 없으니 그 결핍감 때문에 울적했고 불만스러웠다. 원귀와 마찬가지로 하생도 자신의 잘못이 아닌 것 때문에 고통받았다. 원귀의 아버지는 자신이 저지른 부도덕한 행위 때문에 자식들을 모두 잃어야만 했다. 원귀의 아버지는 비윤리적인 행위를 직접 했다는 점에서 원귀와 하생과는 차이가 있지만, 불행하게 된다는 점에서는 동일하다.

하지만 그 잘못이 바로잡히자 원귀와 하생, 시중의 불행은 행복으로 전환된다. 사소한 원한에도 복수를 하여 많은 사람을 해쳤던 원귀의 아버지는 큰 옥사에서 제대로 된 심리를 한 덕분에 여러 사람을 살려냈고, 그 결과 죽은 것으로만 알았던 딸이 돌아왔다. 그리고 원귀와 하생의 혼인 약속을 파기하여 다시 원귀와 하생을 불행으로 내몰 뻔했지만, 딸의 설득으로 마음을 바꾸어 불행으로 치닫던 세 사람의 삶은 다시 행복으로 바뀐다. 원귀는 하생과 혼인하여 자식을 낳고 행복한 삶을 누렸으며, 하생은 배필을 맞이하고 출세를 하고 싶은 욕망을 성취하게 된다. 원귀의 아버지 역시 자신의 잘못 때문에 자식이 죽는 일을 피하게 되었다. 그러므로 「하생기우전」의 행복한 결말은 하생뿐 아니라 원귀와 원귀의 아버지 모두의 것이 되며, 유교적인 윤리가 지켜지느냐 아니냐에 따라서 인물들의 행·불행이 결정되었다.

「하생기우전」은 소재적인 측면에서 다른 작품들에 비해서 유교적 가치관이 강조되어 있는 것처럼 보이지만, 소재적인 차원에서 뿐만 아니라 작품을 구성하는 원리 자체가 유교적인 세계관에 의해 작동하고 있다. 이는 하생의 두 아들의 이름이 '적선(積善)'과 '여경(餘慶)'이라는 점에서 명확히 드러난다. 「하생기우전」은 철저하게 '착한 일을 하면 복을 받고, 악한 일을 하면 벌을 받는다.'라는 적선여경의 원리에 의해 진행된다. 원귀의 아버지의 부도덕함은 불행으로 이어졌지만, 다시 도덕적인 행위로 돌아왔을 때 「하생기우전」의 모든 인물들의 불행은 행복으로 전환되었다는 서사의 궤적과 일치한다.

「하생기우전」이 유교적인 가치관으로 작동되는 데에는 원귀의 노력이 결정적이었다. 원귀는 상제가 준 기회를 살려 다시 살아나기 위해 노력하였고, 이 노력 덕분에 다시 살아날 수 있었다. 또한 혼인을 반대하는 아버지를 설득하여 아버지의 마음을 바꿈으로써 하생에 대한 정절과 신의를 지킬 수 있었다. 「하생기우전」의 행복한 결말은 복사의 점괘인 하생의 운명이기도 하지만, 원귀가 다시 살아나기 위해, 그리고 아버지의 마음을 돌리기 위해 노력한 결과이다. 이런 점에서 행복은 운명으로 '주어지는' 것이 아니라, 노력을 통해서 '얻는' 것이다.

그러므로 「하생기우전」은 여성 원귀를 통해서 유교 사회의 문제와 해결책을 제시한 것으로 이해할 수 있다. 「하생기우전」은 죄 없는 여인의 죽음, 즉 사회의 문제는 유교적 질서가 지켜지지 않기 때문이라고 지적한다. 여인의 죽음과 소생한 이후의 위기는 모두 원귀의 아버지가 비유교적인 행위를 했을 때 발생하였다. 그러나 아버지가 유교의 가치에 따라 행동하자 모든 사람은 행복해질 수 있었다. 유교적 질서가 잘 지켜진다면 사회는 문제가 없을 것이라는 논리이다.

그런데 「하생기우전」의 남성 인물들은 모두 여성 원귀에 의해 각성된다는 데서 문제적이다. 원귀는 하생을 통해서 살아날 방법을 모색하였다. 원귀는 자신의 소생을 도와준다면 혼인을 하겠다고 약속했고, 하생은 이 약속을 성실하게 이행하였다. 하생은 원귀의 욕망을 대리하는 가운데 신의라는 유교의 가치를 실현하고 있다.

원귀의 아버지 역시 하생처럼 원귀의 욕망을 대리하고 있다. 하생과의 혼인을 두고 아버지와 갈등을 빚게 되었을 때, 원귀는 아버지의 마음을 움직여 하생과의 혼인 약속을 지키도록 만든다. 아버지가 마음을 바꾼 것은 원귀의 설득 때문이었으며, 이것은 아버지의 욕망이 원귀로부터 연유되었음을 의미한다.

이처럼 원귀는 하생과 아버지를 움직여서, 그들을 경유하여 자신의 욕망을 성취한다. 이것은 프랑스의 문학평론가 르네 지라르가 말하는 '삼각형의 욕망'을 닮아 있다. 지라르는 주체의 욕망은 주체의 것이 아니라 중개자를 경유한 것, 즉 '타인의 욕망'이라고 설명한다. 주체는 자신의 욕망에 충실한 것처럼 보이지만, 실은 중개자에 의해 부추겨진 것으로, 주체의 욕망은 주체의 것이 아니라 중개자의 것인 셈이다.

「하생기우전」의 두 행위 주체인 하생과 아버지는 원귀라는 중개자의 욕망을 실현하고 있다. 중개자의 욕망은 끊임없이 욕망을 갖게 하여 마치 주체의 욕망이 자신의 것인 양 착각하고 행동하도록 만든다. 하생과 원귀의 아버지는 중개자인 원귀에 의해 욕망이 만들어지고 행동하였다.

이때 원귀는 하생과 아버지에게 유교의 가치를 실현시키려고 한다. 원귀는 하생에게 약속을 지킬 것을 요구했으며, 하생은 종들에게 곤욕을 당하면서까지 원귀와의 신의를 지킴으로써 원귀가 다시 살아날 수 있도록 하였다. 원귀는 체면 때문에 혼인을 반대하여 딸의 정절과 신의를 잃게 만들려 했던 아버지에게 목숨을 걸고 설득함으로써 마음을 바꾸게 한다. 혼인의 약속을 지키게 한 것은 원귀였지만, 그것을 결단하고 실행하는 주체는 아버지였다. 원귀의 욕망은 아버지를 경유하고 있다. 이 경유된 욕망은 하생과 아버지를 유교의 가치에 부합하는 인간으로 만들었다. 원귀의 노력으로 인해 아름다운 여인과 하룻밤을 보내려는 하생의 욕망은 혼인의 약속으로 바뀌었고, 체면을 위해 약속을 저버리려 했던 아버지의 욕망은 신의를 지켜 혼인을 허락하는 것으로 전환되었다.

이러한 설정으로 인해「하생기우전」은 여타의 전기소설들이 보여주는 비극적 결말을 통해서 세계의 부조리를 드러내는 방식과는 전혀 다른 길을 걷는다. 전기소설은 두 남녀의 비극적인 사랑을 일반적인 문법으로 삼는다고 할 때,「하생기우전」은 비극이 아닌 극복의 방식을 함께 제시한다. 유교의 질서를 지키지 않았을 때의 불행을 보여주는 것으로 끝맺지 않고, 그것을 지키면 행복이 찾아온다는 데까지 밀고 나간다. 그래서 문제의식이 발견되지 않는다거나 작위적이라는 느낌을 받게 되기도 한다.

이러한「하생기우전」의 결말은 한편으로는 현실적인 가치를 추구하는 것으로 이해할 수 있다. 하생과 원귀의 아버지가 유교의 덕목을 실현하는 주체가 되었을 때 행복한 삶을 누리기 때문이다. 특히 하생은 좋은 배필을 만나고 그토록 바라던 입신양명을 한다는 점에서 매우 현실적인 욕망 충족의 양상을 띠게 된다. 이것은 유교의 주체로 하생이 거듭났기 때문이며, 그것은 원귀의 적극적인 노력 때문에 가능한 것이었다.

이처럼 「하생기우전」에서 잘못된 사회의 문제는 유교 사회의 주체인 남성들이 여성 원귀의 욕망을 대리했기에 가능했다. 즉, 유교 사회의 주체라 할 수 있는 하생과 시중은 스스로 유교의 주체로 서지 못한다. 유교 사회의 문제를 유교적인 원리에 해결하는 것은 뻔한 해결책인데도 유교 사회의 주체들은 그렇게 하지 못한다. 「하생기우전」의 남성 인물들은 유교 사회의 타자인 여성에 의해, 그것도 인간이 아닌 여성 원귀의 욕망을 대리하면서 주체가 된다. 원귀라는 존재의 등장도 유교적이지 못하지만, 혼인 전 인연을 맺는 것이라든가 아버지에게 죽음을 언급하는 등 비유교적인 방법을 통해서 유교적 주체들이 각성한다는 것 또한 문제적이다. 이것은 유교 사회의 주체들이 정상적인 방법으로는 스스로 문제를 해결할 수 없다는 의미를 내포하기도 한다.

여성 원귀에 의해 유교 사회의 주체들이 각성되는 상황은 딜레마적이다. 올바른 유교 사회를 구현하지 않을 수도 없지만, 유교 사회를 구현하는 과정에서 유교 사회의 주체인 남성들의 무능함이 드러나기 때문이다. 이는 「만복사저포기」나 「이생규장전」에서 봤던 딜레마의 상황과는 다르다. 「만복사저포기」와 「이생규장전」의 딜레마는 유교 가치의 우열을 정할 수 없는 데서 오는 딜레마였다. 그러나 「하생기우전」은 사회문제를 해결하시 않을 수도 없고, 문제를 해결하면 남성 주체들의 문제가 드러나기에 해결할 수도 없고, 안 할 수도 없는 데서 오는 딜레마이다.

「하생기우전」은 여성 원귀를 통해서 유교 사회의 문제가 무엇이며, 어떻게 해결할 수 있는가를 보여준다. 유교의 원리대로 사회가 작동하지 못하자 아무 죄가 없는 여인은 원귀가 되었고, 실력 있는 유생은 과거에 급제할 수 없었으며, 아버지는 자식들을 잃어야 했다. 그러나 남성 주체들이 유교의 질서에 의해 행동하자 불행은 행복으로 전환되었다. 유교 사회의 문제는 유교적인 질서를 지키는 것으로 해결되었다. 그러나 문제의 해결이 유교 사회의 주체가 아닌 타자, 즉 여성 원귀에 의해 이뤄졌다는 데서 딜레마가 발생한다. 「하생기우전」이 보여준 결말은 비록 행복한 것이었지만, 해결의 과정에서 남성 주체들이 여성 원귀의 욕망을 대리할 때 문제 해결이 된다는 데서 여전히 유교 사회의 문제는 해결되지 못하였음을 보여주는 작품으로 이해할 수 있다.

3

왜 운영은 자살해야만 했는가?
「운영전」

주인공이 된 원귀

고전소설사에서 17세기는 매우 이채로운 시기이다. 소설의 양이 이전에 비할 수 없을 만큼 폭발적으로 증가하면서 본격적인 소설의 시대를 견인하였으며, 다양한 내외적 요인으로 인하여 소설의 질적 혁신을 이루었다. 한글로 된 소설들이 등장하는가 하면, 장편으로 된 소설들이 소설사의 전면에 나서기 시작했다. 중국의 소설들이 대거 유입되면서 새로운 소설의 가능성을 열어주었으며, 두 차례의 전란으로 인해 변화된 동아시아의 지형과 세계관은 소설사에도 지대한 영향을 미치게 된다.

이러한 상황에서 전기소설 역시 변화하게 된다. 전기(傳奇)란 기이한 것의 기록이라는 뜻인데, 그것은 명백히 지어낸 이야기라는 점에서 '소설'이라는 용어와 함께 쓰인다. 여기에는 인간사에서 쉽게 볼 수 없는 기이한 이야기들을 다루고 있는데, 당나라 시대부터 향유되었으며, 우리나라에서도 중국의 전기소설에 영향을 받아 많은 작품들이 만들어져 독서물로 애호되었다. 앞서 살펴보았던 「만복사저포기」, 「이생규장전」, 「하생기우전」 모두 전기소설에 속한다.

「운영전(雲英傳)」은 전대의 전기소설이 지니고 있는 속성을 유지하면서도 이전의 전기소설에서는 볼 수 없었던 모습을 통해 소설사의 새로운 영역을 개척하였다. 특히 원귀의 형상과 관련하여 주목할 만하다.

「운영전」에서 운영과 김 진사는 유영에게 "우리 두 사람은 본래 천상의 선인이었습니다."라고 말한다. 이 말은 자신들이 신선이라는 의미이다. 그러나 운영과 김 진사가 죽게 되는 과정이나 유영 앞에 등장한 이후의 모습을 보면 그들은 신선이 아닌 원귀의 형상으로 보인다. 그러나 운영과 김 진사의 모습은 신선의 모습과는 거리가 멀다. 적강(謫降)한 신선은 현실의 고난을 이겨내고 현실을 초탈하여 승천하는 것이 보통이다. 그러나 운영은 자살하고 김 진사는 실의에 빠져 죽는다. 세속에서 벗어난다는 신선이 되는 과정과는 거리가 멀다. 더구나 현세의 서생인 유영에게 나타나서 억울함을 얘기한다는 것, 즉 이승의 인물에게 하소연을 한다는 것은 신선이 아닌 원귀의 전형적인 모습이다. 운영과 김 진사가 억울한 죽음을 맞았다는 점, 그로 인해 이승에 미련을 갖고 유영 앞에 나타나 억울함을 호소한다는 점 등을 고려했을 때, 비록 작품에서는 운영과 김 진사가 스스로를 신선이라고 소개하지만, 작품 속에서 그려지는 모습에서 전형적인 원귀의 형상을 읽을 수 있다. 그리고 운영과 김 진사의 형상은 이전의 전기소설들에 등장하는 원귀들과는 다른 모습을 보여주고 있다.

「운영전」은 이전 시기의 전기소설인 「만복사저포기」나 「이생규장전」, 「하생기우전」과 마찬가지로 불우한 남성과 원귀가 만나 이야기를 전개한다는 기본적인 서사 구조는 같다. 또한 무당이 점을 쳐서 미래의 일을 알려주는 장면은 「하생기우전」에서 복사의 모습을 연상시키며, 유영이 작품의 끝에서 사라지는 장면, 즉 부지소종(不知所終)하는 것은 「만복사저포기」와 「이생규장전」에서 이미 목격한 바 있는 비극적인 결말이다. 이와 같은 장면들은 「운영전」이 전대 전기소설의 자장에서 창작되었음을 의미한다.

그러나 이러한 공통점과는 다르게 「운영전」을 면밀하게 살펴보면 전대의 전기소설과는 다른 장면들을 찾아볼 수 있다. 무엇보다도 주인공으로 양생이나 이생, 하생과 같은 불우한 남성이 아니라 원귀인 운영을 내세우고 있다는 점에서 주목된다. 다른 작품들이 남성 주인공의 이름이나 행동을 작품명으로 내세운 것과는 다르게 「운영전」의 경우 운영의 이름을 작품의 제목으로 삼고 있으며, 이것은 운영의 시점에서 서사가 진행되고 있음을 명백하게 드러내고 있다.

이처럼 여성 주인공인 원귀 운영을 작품의 주인공으로 내세울 수 있었던 것은 「운영전」이 '현실−꿈−현실'이라는 액자식 구성을 도입하고 있기 때문이다. 그러므로 이전의 전기소설들이 현재의 시점에서 유명(幽明)을 달리한 사랑 이야기를 다루었던 것과 달리, 운영과 김 진사가 이야기의 화자가 되어 청자인 유영에게 자신들이 겪었던 과거의 일을 하소연하는 방식으로 서사가 진행된다.

전대의 작품들과는 다른 새로운 방식으로 구성된 「운영전」의 이야기는 둘로 나뉜다. 하나는 액자 안의 것이고, 다른 하나는 액자 밖의 것이다. 액자 안의 이야기는 운영이 살아 있을 때 겪게 되는 이야기로, 운영의 사랑이 어떻게 비극적으로 끝나게 되는가를 그려낸다.

액자 밖의 이야기는 원귀가 된 운영이 유영 앞에 나타나 하소연을 하는 장면이 주를 이룬다. 액자 안의 이야기는 액자 밖에서 운영이 들려주는 이야기인 동시에 김 진사가 쓴 책의 이야기에 해당한다. 즉, 운영의 억울한 사연이 하소연되는 부분이며, 원귀가 된 이유에 해당한다. 액자 밖의 이야기는 유영을 만나는 등의 해원을 위한 운영의 행동이 그려진다. 그러므로 앞의 작품들과는 다른 원귀의 모습을 목격할 수 있을 것이다.

경계인 안평대군

액자 안의 이야기, 즉 운영의 억울함에 해당하는 부분에서 운영과 김 진사의 만남, 궁녀들의 지지, 안평대군(安平大君)의 조치와 김 진사의 노비인 특의 악행 등이 자세하게 드러나지만, 운영이 왜 원귀가 되었는가에 대해서는 직접적으로 언급하고 있지 않다.

> "두 사람이 다시 만나 바라던 뜻이 이루어졌으며, 원수인 노비도 이미 제거되어 분통함도 씻었습니다. 그런데 어찌하여 이렇듯 비통함을 그치지 아니하십니까? 인간 세상에 다시 태어나지 못함을 한탄하는 것입니까?"

운영과 김 진사의 이야기를 들은 유영은 두 사람의 원한이 풀렸다고 결론을 내린다. 운영과 김 진사 두 사람은 다시 만나고자 하는 뜻이 이루어졌고, 두 사람의 불행의 원인인 노비 특이 죽었기 때문에 복수가 이루어졌으므로 운영과 김 진사의 분함이 풀렸을 것이기 때문이다. 그런데도 이들은 슬픔을 이기지 못하고 울음을 터트리니 유영의 입장에서는 이해가 되지 않았다. 그래서 인간으로 다시 태어나지 못한 것을 한탄하는지 묻는다.

결국 유영의 질문은 왜 계속 운영과 김 진사가 억울해하는가가 된다. 유영의 판단으로는 두 사람의 억울함이 풀린 듯한데 계속해서 슬퍼하니 자신의 판단에 확신이 서지 않는다. 그래서 운영과 김 진사에게 왜 억울한가를 명확히 말해달라고 한다. 이것은 운영과 김 진사가 유영에게 한 하소연의 편폭이 작지 않았음에도 유영의 궁금증을 해소해줄 만큼 명확하지 않다는 것을 의미한다. 「만복사저포기」와 「이생규장전」, 「하생기우전」의 원귀들이 직접적으로 자신들의 억울함을 드러내는 방법과는 다르다. 이는 운영의 억울함을 확인하기 위해서는 운영과 김 진사의 직접적인 목소리를 듣는 것 이외의 방법이 필요하다는 것을 의미한다.

우선 「운영전」의 등장인물들에 대해 살펴볼 필요가 있다. 앞서 살펴보았던 「만복사저포기」, 「이생규장전」, 「하생기우전」에 나오는 인물들과 「운영전」의 인물들은 그 설정에서 차이를 보이기 때문이다. 이때 가장 문제가 되는 인물은 안평대군이다.

운영의 하소연 초반에 등장하는 안평대군은 전형적인 유교 사회의 권력자 혹은 유교 지식인의 풍모를 보여준다. 그는 중세 시대 권력의 정점인 왕의 동생이며 시서화에 능통한 인물로, 맹시단(盟詩壇)을 만들어 당대의 뛰어난 문장가와 서예가들과 교류하였다. 유교의 문화적 유토피아를 꿈꾸는 안평대군은 그 누구보다도 유교의 질서에 충실한 인물이다.

그런데 안평대군은 맹시단에 만족하지 못한다. 더 높은 수준의 시를 지을 수 있는 집단을 요구한다. 그래서 그는 자신의 궁궐인 수성궁(壽聖宮)에 자신이 꿈꾸는 세계를 구축하고자 한다. 이때 안평대군은 "하늘이 재주를 내릴 때 어찌 유독 남자에게만 많이 내리고, 여자에게는 적게 내렸겠느냐?"라면서 수성궁의 궁녀들을 직접 가르쳐 자신이 원하는 경지까지 끌어올리려 한다. 그래서 나이가 어리고 얼굴이 예쁜 열 명의 궁녀들을 선발하여 유교의 경전과 당시(唐詩)를 가르친다.

안평대군이 궁녀들을 뽑아 가르쳤다는 것은 자신의 의도대로 유토피아를 구축하기 위해서일 것이다. 자신이 원하는 방향으로 세계를 구축하기 위해서는 자신의 의도대로 공부를 하고 시를 창작할 수 있는 재능 있는 사람이 필요했기 때문이다. 수성궁의 궁녀들은 안평대군의 말을 전적으로 따를 것이므로, 안평대군이 의도하는 유토피아를 만드는 데 누구보다도 적합한 존재들이라 할 수 있다.

"대군은 대체로 우리를 잘 보살펴주었습니다. 그러나 우리에게 항상 궁궐 안에서만 생활하고 다른 사람과는 전혀 대화를 나누지 못하게 하였습니다. 대군은 매일 문사들과 함께 술을 마시고 기예를 다투었으면서도 일찍이 우리가 그 근처에 얼씬거리는 것을

한 번도 허락하지 않았는데, 이것은 궁궐 밖의 사람들이 혹 우리
의 존재를 알까 염려했기 때문입니다."

안평대군은 궁녀들이 쓴 시를 성삼문(成三問)과 같이 당대 최고의
문사들에게 보여주었고, 그들로부터 뛰어난 시임을 확인받았다. 그
러므로 유교적 유토피아를 세우겠다는 안평대군의 계획은 성공적이
라 할 수 있다. 그러나 위의 인용문과 같이 궁녀들의 존재는 철저하
게 가려진다. 궁녀들에게 유교의 지식과 시를 가르쳤다는 것은 유교
사회의 질서를 위반하는 것이기 때문이다. 그러므로 궁녀들에게 "시
녀가 한 번이라도 궁문을 나가면 그 죄는 죽어 마땅할 것이요, 궁궐
밖의 사람이 궁녀의 이름을 알기만 해도 또한 죽일 것이다."라고 말
할 정도로 궁녀들의 신분이 노출되는 것을 꺼렸다.

유교 사회에서 여성은 학문의 주체가 아니며, 독서는 정절을 지
킨 열녀의 이야기 등 여성으로서 갖춰야 할 덕목을 기르는 것 이외에
는 허용되지 않았다. 더구나 궁녀는 하층에 속하는 여성이기 때문에
유교 지식의 습득이나 시 창작은 더욱 불필요했다. 이처럼 안평대군
은 자신의 유토피아를 건설하기 위해 유교 지식을 습득할 필요 없는
존재들에게 강제로 유교 이념의 수련을 강요하였다.

또한 비록 궁녀들이 재주가 뛰어났다고 해도 그 재주를 펼칠 수
가 없다는 점에서 안평대군의 유토피아는 위태로운 것이 된다. 안평
대군의 앞에서 시를 짓는 것 이외에 그들이 할 수 있는 것은 없다. 사
대부 남성들처럼 입신양명을 할 수 있는 것도 아니고, 자유로이 시를
짓고 이를 통해 자신의 이름을 세상에 날릴 수 있는 것도 아니므로

궁녀들에게 시를 수련하는 동기 부여는 없는 셈이다. 오로지 안평대군의 앞에서 재주를 펼칠 수 있을 뿐이다. 그런 궁녀들에게 유교 지식의 수련을 강요하였으니, 궁녀들은 불만을 갖게 되었던 것이다.

이처럼 안평대군은 유교의 유토피아를 만들려 한다는 점에서는 유교 질서에 가장 부합하는 인물이지만, 이를 위해 부적격자들에게 유교의 수련을 강요한다는 데서는 유교 질서와 어긋나 있다. 그러므로 안평대군의 유토피아는 외부로 알려져서는 곤란하였다. 궁녀라는 부적격자를 통해서 유교적 유토피아를 만들려고 했다는 점에서 안평대군은 유교 사회의 경계에 선 인물이라 할 수 있다. 그는 유교적인 것과 유교에서 어긋나는 것 모두를 한자리에 두려고 한다.

이와 같은 경계인으로서의 안평대군의 모습은 김 진사와 시의 종장(宗匠)에 대한 토론을 나눌 때도 볼 수 있다.

"이백과 비교한다면 하늘과 땅을 비교할 수 없고 강과 바다가 다른 것과 같습니다. 왕유와 맹호연에 비교한다면, 두보가 수레를 몰아 앞서 달리고, 왕유와 맹호연이 채찍을 잡고 길을 다툴 것입니다."

안평대군은 김 진사에게 시인의 종장이 누구냐고 물었는데, 김 진사는 이백(李白)이나 노조린(盧照隣), 왕발(王勃), 맹호연(孟浩然), 이의산(李義山) 등을 거론할 뿐 두보는 언급하지 않았다. 두보는 조선 전기의 시단에서 모범으로 여겨졌던 인물인데도 김 진사는 두보가 아닌 이백이 더 뛰어난 시인이라고 얘기하였고, 이에 안평대군은 의

문을 가졌다.

  그러나 안평대군은 이러한 김 진사의 견해를 듣고는 "그대의 말을 들으니 가슴속이 확 트이며, 마치 긴 바람을 타고 태청궁에 오른 듯 황홀하네."라고 대답함으로써 그의 의견에 동의하고 있음을 우회적으로 드러낸다. 그러면서도 안평대군은 "다만 두보의 시는 천하의 높은 문장"이라고 말하는데, 이는 기존 질서에서 벗어나지 않으려는 안평대군의 모습을 반영하고 있다. 유교의 질서 안팎에 걸쳐 있는 경계인으로서 안평대군의 성격은 이처럼 드러난다.

  안평대군은 유교의 경전과 함께 당시 수백을 뽑아 궁녀들에게 가르쳤으며, 궁녀들의 부연시(賦煙詩)를 본 사람들은 그녀들의 시를 성당(盛唐)의 음률과 가락이라며 추켜세운다. 이처럼 「운영전」의 도처에서 당시는 언급되고 칭송된다. 이때의 당시는 "성정에서 나오는 것"이라는 말로 요약되는 성질의 것이다. 안평대군은 사회 비판을 내용으로 삼는 송시풍(宋詩風)의 두보의 것 못지않게 감정의 자유로운 분출을 드러내는 이백류의 시도 중요하다고 말한다. 이는 일차적으로 16세기 말 이후부터 삼당시인들에 의해 견인된 당시풍이 「운영전」에 반영된 것이라 할 수 있다. 16세기 말부터 조선 시단에는 사회를 비판하는 시 이외에도 관념적이고 이지적인 송시풍 대신 흥취와 여흥을 중시하여 낭만적인 경향의 당시가 유행하였다. 이러한 분위기가 「운영전」에도 반영된 것으로 볼 수 있다. 그러나 「운영전」의 인물들의 특성과 연관시켜 본다면, 그 의미는 여기에만 그치지 않는다.

  두보가 유가 사회의 이상을 추구하는 인물이라면, 이백은 자신의 감정에 충실한 시를 남겼다. 이백류의 당시는 성정의 자유로운 분출을 중요하다고 여긴다면, 그것을 긍정하는 입장에서는 운영과 김 진사의 사랑 역시 긍정될 수 있다. 성정의 분출을 중요하게 여기고 인간의 본성은 억누르기보다는 자연스럽게 흐르도록 두어야 한다는 시론의 긍정은 운영과 김 진사의 사랑을 긍정하는 논리가 되기 때문이다. 이백을 긍정하는 안평대군은 당대 이념과는 다른 길을 모색하고 있다.

안평대군이 시인의 종장을 이백이라고 했던 김 진사의 말에 적극적인 동의를 하고 있지만, 이 말이 두보의 시를 부정으로 이어지는 것은 아니다. 안평대군은 김 진사에게 두보 역시 존숭해야 할 시인으로 파악하고 있다는 점을 주목해야 한다.

안평대군은 결코 주류의 이념을 무시하지 않는다. 주류의 이념을 존중하면서 또 다른 길을 모색하고 있다. 이를 통해 안평대군은 당대의 절대화된 이념에 경도된 인물이 아님을 알 수 있다. 그는 당대 주류 이념을 긍정하면서도 다른 것들에도 관심을 갖고 있으며, 이런 점에서 안평대군은 경계적 성격을 가진 인물이다.

유토피아의 균열

이러한 안평대군의 유토피아는 높은 담장으로 외부와 차단되면서 유지될 수 있었다. 그러나 그의 유토피아는 내부로부터 균열이 일어나고 있었다. 안평대군과 달리 궁녀들은 자신들의 처지에 불만이 있었고, 급기야 운영은 외부 사람과 접촉을 금한 수성궁의 질서를 위반하게 된다.

　제 고향은 남쪽 지방입니다. 부모님이 저를 여러 자녀 가운데서
도 편애하시어 밖에 나가 놀거나 장난하게 두시었습니다. 저는 숲
속과 시냇가를 돌아다니며 매화, 대나무, 귤나무, 유자나무의 그
늘 아래서 날마다 노니는 것으로 일을 삼았습니다. 이끼 낀 냇가
에서 낚시하는 무리들과 풀 먹이기를 마치고 피리 부는 목동들을
아침저녁으로 보았으며, 그 밖의 산과 들의 모습, 농촌의 흥취 등
은 머리털처럼 많아서 일일이 거론하기도 어렵습니다. 부모님께
서는 처음에 삼강행실과 칠언당음을 가르치셨는데, 13세가 되어
주군이 부르신 까닭에 부모님을 이별하고, 형제를 멀리한 채 궁
문으로 들어오게 되었습니다. 처음에는 고향으로 돌아가고 싶은
마음을 억제하지 못해 매일 흐트러진 머리와 때 묻은 얼굴을 하고
남루한 옷을 입어, 보는 사람이 더럽게 여기도록 했습니다. 제가
뜰에 엎드려 우니, 궁인들이 '한 떨기 연꽃이 저절로 뜰 가운데서
피었구나.'라고 말하기도 했습니다. 부인이 저를 친자식처럼 사
랑하시고, 주군도 저를 심상하게 보지 않으시니, 궁중 사람들 가
운데 저를 골육처럼 친애하지 않는 사람이 없었습니다. 또 한번
학문에 종사하게 된 이후부터는 자못 의리를 알고 음률을 살필 수
있게 된 까닭에 궁인들이 모두 저에게 경복하였습니다. 서궁으로
옮긴 뒤에는 거문고와 서예만을 오로지 하여 조예가 더욱 깊어졌
습니다. 무릇 빈객들이 지은 시들은 하나도 눈에 들지 않았으니,
재주가 성하게 되면서 그러한 것이 아니겠습니까. 그래서 남자가

되어 입신양명하지 못하고, 홍안박명의 몸이 되어 깊은 궁궐에 한 번 갇힌 뒤 마침내 고목처럼 썩게 된 것을 한스럽게 여겼습니다. 어찌 슬프지 않으리오. 사람이 한번 죽으면 누가 다시 알아주겠습니까? 이 때문에 한이 마음속에 맺히고 원망이 가슴의 바다를 메웠습니다. 매번 수를 놓다가 멈추고 등불을 바라보았으며, 비단을 짜다가도 북을 던지고 베틀에서 내려와 비단 휘장을 찢거나 옥비녀를 꺾어버리곤 하였습니다. 잠시 술을 마시고 흥이 나면 신발을 벗고 산보를 했으며, 섬돌의 꽃도 떨어뜨리고 뜰의 풀도 꺾으면서 바보나 미치광이처럼 마음을 억제할 수가 없었습니다. 그런데 지난해 가을밤에, 한번 그대의 용모를 보고는 마음속으로 천상의 신선이 속세에 적강했다고 생각했습니다. 저의 용모 또한 아홉 사람보다 못하지 않았습니다. 전생에 무슨 인연이 있었던지, 붓끝의 한 점이 마침내 흉중에 원한을 맺는 빌미가 될 줄을 어떻게 알았겠습니까? 주렴 사이로 바라보면서 봉추지연을 맺고자 바랐으며, 꿈속에서 보면 장차 잊지 못할 은혜를 잇고자 했습니다. 비록 한 번도 이불 속에서 사랑의 기쁨을 나누지는 못했지만, 옥처럼 빼어난 용모가 제 눈 속에 황홀하게 어립니다. 배꽃에 우는 두견 소리와 오동잎에 떨어지는 밤비 소리를 처량해서 차마 듣지 못하고, 뜰 앞에 솟아나는 고운 풀과 하늘을 나는 외로운 구름도 슬퍼서 차마 보지 못했습니다. 때로는 병풍에 기대어 멍하니 앉아 있었으며, 때로는 홀로 난간에 서서 가슴을 두드리고 발을 구르며 푸른 하늘에 호소하기도 했습니다. 모르겠습니다. 낭군 또한 저를 생각하시는지요? 이 몸이 낭군을 뵙기 전에 갑자

고전소설 속 여성 원귀

기 먼저 죽게 된다면, 땅과 하늘이 다하여 없어지더라도 저의 원통한 마음은 없어지지 않을 것이니, 이 몸이 한스러울 뿐입니다. 오늘은 완사(浣紗)를 가는 길입니다. 두 궁의 궁녀들이 이미 다 모여 있기 때문에 이곳에 오래 머물러 있을 수가 없습니다. 눈물이 떨어져 먹물과 뒤섞이고, 넋은 비단실에 맺힙니다. 엎드려 바라건대, 낭군은 한 번 굽어보십시오. 또 손수 답서를 써주시는 은혜를 베푸신다면, 이것은 아름답게 여겨 기꺼운 마음으로 영원히 간직하고자 합니다.

위의 인용문은 운영이 김 진사에게 마음을 전하는 편지의 내용으로, 그 안에서 운영은 자신의 내력을 상세하게 밝히고 있다. 운영은 자유분방하게 생활하던 어린 시절을 뒤로하고 궁궐에 들어온 이후로 답답한 생활이 지속되었다고 한다. 그리하여 고향에 가고자 머리를 흐트러뜨리고 때 묻은 얼굴에 남루한 옷을 입는 등의 행동을 하게 되는데, 이를 통해 운영은 유교의 질서와는 거리가 먼 삶을 살았다는 것을 알 수 있다. 이는 운영이 궁궐 생활에 적응하지 못했기 때문에 생긴 결과이다. 그러던 운영은 주변 사람들의 도움과 학문에 종사하게 되면서 점차 새로운 생활에 적응해나가게 된다. 운영은 뛰어난 자질로 곧 거문고와 서예에 조예가 깊어지는데, 어지간한 남성보다 뛰어난 능력을 갖게 되었다. 그런데 이러한 변화는 또 다른 문제를 발생시킨다.

운영은 여성인 동시에 궁녀라는 하층의 신분에 있으면서 안평대군의 계획에 의해 사대부 남성이나 받을 만한 수련을 받게 되었고,

곧 뛰어난 능력을 갖게 되었다. 그러나 운영이 익힌 재주는 운영에게 아무런 쓸모도 없었다. 운영은 어지간한 남성 사대부보다 뛰어난 능력을 가졌다고 해도 궁녀라는 신분 때문에 입신양명을 할 수도 없었고, 안평대군의 엄명 때문에 자신을 드러낼 수도 없었기 때문이다. 그렇다고 성숙한 여인으로서 고운 미모를 지니고 있어도 안평대군의 궁녀라는 신분 때문에 혼인도 할 수 없다. 그리하여 비단을 짜다가 북을 던지거나 신발을 벗고 산보를 하는 등 바보나 미치광이처럼 마음을 억제할 수 없었다. 뛰어난 능력도 고운 미모도 모두 자신에게는 아무런 필요가 없다는 것을 알게 된 운영이 할 수 있는 것은 이렇게나마 자신의 마음을 표현하는 것뿐이었던 것이다.

이때 운영은 김 진사를 만나게 되고 그에게 반하게 된다. 궁녀인 운영으로서는 김 진사뿐만 아니라 그 어떤 남성에게도 마음을 둘 수 없는 처지였음에도 운영은 김 진사에 대한 사랑을 억제하지 못하고 급기야 김 진사에게 편지를 보내 사랑을 고백하는 상황에 이르게 된 것이다. 이로써 운영은 안평대군의 금기는 물론 유교 사회의 질서도 위반하게 된다.

이는 앞선 전기소설에서 원귀들이 정절로 인해 목숨을 잃는 등 유가의 가치를 지키기 위해 분투하는 것과는 전혀 다른 모습이다. 「만복사저포기」와 「이생규장전」의 원귀들은 정절을 지키기 위해 죽음을 선택하였으며, 도처에서 스스로 정절을 중요하게 여기고 있다는 고백을 하고 있다. 두 작품의 원귀들은 비록 불가피하게 먼저 남성과 맺어졌다 하더라도 이후에 부모님께 허락을 받아 부부의 인연을 맺어 정절을 지키고자 했다. 「하생기우전」에서 아버지 때문에 원귀가 되었다가 하생 덕분에 다시 살아난 여인은 자신과 하생의 혼인을 반대하는 아버지와 갈등을 벌이게 되는데, 이때 근거로 들었던 것은 정절과 신의라는 유교의 가치였다. 세 작품의 여성 원귀들은 맹목적으로 정절이라는 이념을 지키기 위해 노력하였고, 목숨을 내놓는 것도 주저하지 않았다.

그러나 운영은 유교 사회의 교육을 받았으면서도 애정의 욕망에 충실하였다. 그래서 안평대군의 궁궐에 갇혀 있는 것을 불편하게 여겼고, 학문을 닦으면서도 자신의 처지를 비관했다. 또한 첫눈에 반해버린 김 진사에게 사랑을 고백하고, 사랑의 마음을 숨기지 못해 시(詩) 속에서 그리움의 마음을 표출함으로써 안평대군에게 꾸지람을 받았다. 운영은 자신의 사랑을 쟁취하기 위해 노력하였고, 결국 그 사랑을 이루게 된다.

김 진사 역시 다르지 않다. 그는 유학을 공부한 선비로서, 어린 나이에 보인 재능 덕분에 안평대군의 사랑을 넉넉하게 받을 수 있었다. 그는 진사라는 위치에 있는 유교 지식인이다. 그러나 아름다운 운영의 모습에 반하게 되었고, 그녀가 보낸 편지를 읽고는 이내 그 사랑을 이룰 궁리에 빠지고 만다. 심지어 뜻을 이루지 못하고 3년 내로 죽을 것이라는 무녀의 경고에도 "자네가 비록 말하지 않더라도 나 역시 알고 있네. 그러나 가슴속에 원한이 맺혀 온갖 약으로도 풀지 못하고 있네. 만약 신통한 자네 덕분에 다행히 편지를 전달할 수만 있다면 죽어도 영광스러울 것이네."라고 대답한다. 이 말인즉 목숨을 걸어서라도 운영에게 마음을 전하겠다는 의미인데, 운영 못지않게 사랑의 열병에 빠져 있음을 보여준다.

그대를 한 번 본 이후로 날아갈 듯 기뻐 마음을 안정시킬 수가 없었습니다. 그래서 매번 궁성의 서쪽을 바라볼 때마다 애가 끊는 듯했습니다. 지난번 벽 틈으로 전해준 편지로 잊을 수 없는 그대의 고운 글을 경건하게 받들긴 했으나, 다 펼치기도 전에 숨이 막히고 절반도 채 못 읽어 눈물이 글자를 적시었습니다. 이때부터 저는 잠자리에 들어도 잠을 이룰 수가 없고, 밥을 먹어도 음식이 넘어가지 않았습니다. 병이 고황에 들어 온갖 약이 무효한지라, 다만 저승에서나마 뜻밖에 만나 서로 따를 수 있기를 바랍니다. 푸른 하늘은 굽어 불쌍하게 여기시고 귀신은 묵묵히 도와주소서. 만약 생전에 이 한을 한 번 풀어주신다면, 마땅히 몸을 빻고 뼈를 갈아서 천지의 모든 신령께 제사를 올리겠나이다. 편지를 대하니 목이 멥니다. 다시 무슨 말을 할 수 있겠습니까? 예의를 갖추지 못한 채 삼가 올립니다.

운영의 편지를 받은 김 진사는 우여곡절 끝에 무녀를 통해 운영에게 답장을 보낸다. 김 진사는 운영이 안평대군의 궁녀인 것을 알면서도 그녀에게 반해 잠을 이루지 못하였다고 고백한다. 심지어 편지 말미에는 다시 만나기를 학수고대하고 있다고 말한다. 운영과 마찬가지로 한눈에 반한 김 진사 역시 수성궁은 물론 유교 사회의 금기를 어기려 한다.

운영은 궁녀의 신분이면서 대군 이외의 남성을 사랑하고, 김 진사는 진사의 신분이면서도 궁녀에게 연정을 품는다. 이들은 모두 유교 지식을 익힌 존재이면서도 인간 본연의 감정인 사랑을 중시하며,

고전소설 속 여성 읽기

그것을 가로막고 있는 제도를 넘어서려 한다. 그리하여 김 진사는 그의 노비인 특의 도움을 받아 높은 궁궐의 담벼락을 넘어감으로써 규율을 어기고, 운영은 그런 김 진사를 맞아 지극한 사랑을 나눈다.

운영과 김 진사는 물론 다른 궁녀들 역시 유교 지식을 습득하였음에도 유교 이념에 위배되는 애정을 지지한다.

자란은 스스로를 '원녀(怨女)', 즉 결혼을 하지 못해 억울한 여성으로 규정하고, 남녀 사이의 사랑은 자연스러운 감정이라며 운영을 지지한다. 이는 자란 역시 궁녀이면서 남녀의 연애를 긍정하고 있었다는 의미이다. 궁녀로서는 어울리지 않는 태도이다. 이러한 자란은 운영과 김 진사를 만나게 하려고 완사의 장소를 탕춘대에서 소격서동으로 바꾸고자 한다. 그래서 자란은 서궁의 궁녀들을 설득하였고, 이어서 남궁의 궁녀들을 설득하는데, 이에 남궁의 궁녀들이 감복하여 "반대했던 이들은 따르고자 하면서도 한 입으로 두 말한 것을 부끄럽게 생각"이 들 정도였다. 궁녀들은 모두 운영과 같은 처지였지만, 운영과 같이 생각했던 것은 아니다. 이들 사이에서는 안평대군의 총애를 둘러싼 경쟁적인 관계가 성립되기도 했고, 그래서 안평대군의 총애를 받고 김 진사와의 사랑에 빠진 운영을 시기하고 질투하기도 했다. 그러나 자란의 설득으로 인해 이내 운영의 입장을 이해하고 지지하게 된다. 그리하여 운영이 안평대군에게 김 진사와의 사랑이 발각된 이후에도 적극적으로 두 사람을 옹호한다.

"남녀의 정욕은 음양의 이치에서 나온 것으로 귀하고 천한 것의 구별이 없이 사람이라면 모두 다 갖고 있는 것입니다. 그런데 저희는 한번 깊은 궁궐에 갇힌 이후 그림자를 벗하며 외롭게 지내 왔습니다. 그래서 꽃을 보면 눈물이 앞을 가리고, 달을 대하면 넋이 사라지는 듯하였습니다. 저희들이 매화 열매를 꾀꼬리에게 던져 쌍쌍이 날지 못하게 하고, 주렴으로 막을 쳐서 제비 두 마리가 같은 둥지에 깃들지 못하게 하는 것도 다름이 아닙니다. 저희 스스로 쌍쌍이 노니는 꾀꼬리와 제비를 부러워하고 질투하는 마음을 견딜 수가 없었기 때문입니다. 한번 궁궐의 담을 넘으면 인간 세상의 즐거움을 알 수 있습니다. 그럼에도 저희가 궁궐의 담을 넘지 않는 것은 어찌 힘이 부족하며 마음이 차마 하지 못해서 그러하겠습니까? 저희들이 이 궁중에서 꾀할 수 있는 일은 오로지 주군의 위엄이 두려워 이 마음을 굳게 지키다가 말라 죽는 길뿐입니다. 그런데도 주군께서는 이제 죄 없는 저희들을 사지로 보내려 하시니, 저희들은 황천 아래서 죽더라도 눈을 감지 못할 것입니다."

운영은 '부정한 행위'를 했으므로 안평대군의 분노와 처결은 당연해 보인다. 그런데 그러한 꾸짖음에 궁녀들은 한발도 물러서지 않고 운영이 무죄임을 주장한다. 위의 인용문은 그 가운데 은섬의 항변으로, 남녀 사이의 정욕은 인간의 본성이므로 누구에게나 동등한 것임을 전제한다. 그것은 대군에게만 있는 것이 아니라 궁녀들에게도 있다는 것이다. 궁궐 안에 갇힌 궁녀들의 고통은 극심한 것이어서, 쌍쌍이 노니는 꾀꼬리와 제비가 궐 안에 둥지를 짓는 것조차 막을 지경이라고 말한다. 이처럼 은섬은 안평대군이 자신들을 말라 죽게 하는 인물이라며 몰아세우고 있다.

다른 궁녀들의 항변 역시도 대동소이하다. 남녀 사이의 정욕은 당연한 것이므로 운영은 무죄이며, 오히려 그것을 억누르는 안평대군을 원망한다. 이들은 모두 안평대군의 자장 안에 머물면서 시 창작에 몰두하여 높은 경지에 이른다. 유교의 지식을 수련하고 시 창작에 몰두하라는 안평대군의 지시를 거부하지는 않았다. 그러면서도 성정의 분출을 중시하면서 운영의 사랑을 지지한다. 이들 역시 운영이나 김 진사와 마찬가지로 이념과 사랑이라는 상충되는 가치를 함께 지향하고 있다.

그러나 특에 의해 운영과 김 진사의 관계가 외부로 알려지자 안평대군도 이들의 관계를 모른 척할 수 없는 상황으로 전개된다. 이념을 위반한 궁녀의 존재가 알려진 이상 그냥 둘 수는 없기 때문이다. 이에 운영은 자살을 함으로써 이 상황을 수습한다.

> "주군의 은혜는 산과 같고 바다와 같습니다. 그런데도 능히 정절을 고수하지 못한 것이 저의 첫 번째 죄입니다. 지난날 제가 지은 시가 주군께 의심을 받게 되었는데도 끝내 사실대로 아뢰지 못한 것이 저의 두 번째 죄입니다. 죄 없는 서궁 사람들이 저 때문에 함께 죄를 입게 된 것이 저의 세 번째 죄입니다. 이처럼 세 가지 큰 죄를 짓고서 무슨 면목으로 살겠습니까? 만약 죽음을 늦춰주실지라도 저는 마땅히 자결할 것입니다."

위의 인용문은 운영이 죽기 직전 안평대군에게 자신의 죄를 고하

는 장면이다. 운영은 자살 전에 자신이 죽어야 하는 이유를 열거하고
있다. 여기서 주목되는 것은 첫 번째 죄로 언급한 주군에 대한 '정절'
이다. 운영은 자신의 감정을 억제하지 못하고 김 진사와 인연을 맺어
정절을 어겼기에 죽을죄를 지었다고 말한다. 유교의 이념에 위배되
는 운영과 김 진사의 사랑은 오로지 수성궁이라는 공간에서만 유지
될 수 있었다. 그러나 담장 밖으로 운영과 김 진사의 일이 소문난 이
상 그들의 관계는 당대의 이념으로 재단되어야 했다. 대군을 모시는
궁녀가 외간 남자와 사랑에 빠졌으니, 정절을 어긴 죄로 운영은 죽어
야만 했다.

운영의 비극은 유교 사회에서 허락되지 않은 사랑을 꿈꾼 자의
결말이다. 성정의 분출을 전제로 운영은 안평대군의 궁녀인 김 진사
와의 사랑과 탈주를 꿈꾸었으나, 유교 사회 안에서 이들의 사랑은 결
코 이루어질 수도, 그렇다고 도피할 수도 없었다. 오직 수성궁 안에
서만 그것은 허용될 수 있을 뿐이다. 그러나 운영은 원귀가 되어 이
승에 나타나 유영에게 하소연을 함으로써 자신의 죽음에 이의를 제
기한다. 유교 질서를 위반한 대가로 죽어야 했지만, 운영은 이러한
질서로 죽게 된 자신이 억울하다고 하소연한다.

운영이 유영 앞에 나타난 이유

유교 사회에서 허락되지 않은 사랑으로 인해 죽게 되었던 운영과
김 진사는 원귀가 되어 수성궁을 찾은 유영 앞에 나타나 자신들의 사

연을 풀어낸다. 「만복사저포기」를 비롯한 앞선 작품들에서와 마찬가지로 친숙한 모습으로 유영 앞에 등장한 원귀 운영은 유영의 호기심을 자극하는 것으로 하소연의 준비를 시작한다.

> 깊고 깊은 궁궐에서 이별한 옛 연인,
>
> 하늘이 맺어준 인연 다하지 않아 뜻밖에 만났네.
>
> 몇 번이나 꽃이 활짝 핀 봄날을 슬퍼했던고?
>
> 구름 되고 비가 되어 즐김은 한갓 꿈일 뿐인 것을
>
> 지난 일 모두 닳아 없어져 티끌이 되었건만,
>
> 공연히 우리로 하여금 눈물로 수건을 적시게 하네.

위의 인용문은 운영이 유영을 만났을 때 부른 노래이다. 이 노래에서 운영은 지난날을 회상하면 눈물이 흐른다는 말로 유영의 궁금증을 유발한다. 자세한 사연은 드러나지 않지만, 노래를 부른 이후 눈물을 흘리는 운영의 모습이 더해지면서 유영은 운영과 김 진사에게 어떤 사연이 있었던 것인지 호기심을 갖게 된다. 그래서 유영은 그들의 사연을 알고자 한다. 이로써 운영은 자신의 사연을 털어놓을 발판을 마련하게 된다. 여기에 더하여 운영이 안평대군의 궁녀였다는 사실을 알게 되자 유영은 그들의 사연을 몹시도 궁금해한다.

> "말을 꺼내었으되 다 하지 않는다면, 이는 아예 처음부터 말을 하지 않는 것보다 못합니다. 안평이 한창 활동하던 때의 일과 진사가 슬퍼하는 연유를 상세히 들을 수 있겠습니까?"

운영과 김 진사가 뭔가 억울한 사연이 있다는 것, 그리고 운영이 안평대군의 궁녀였다는 사실까지 알게 된 유영이 운영과 김 진사에게 그들의 이야기를 들려달라고 부탁한다. 여기에서 유영이 듣고 싶어 하는 것은 두 가지이다. 하나는 '안평대군이 한창 활동하던 때의 일'이고, 다른 하나는 '진사가 슬퍼하는 연유'이다. 후자는 운영과 김 진사에 의해 발동된 호기심이다. 이들은 지속적으로 유영에게 자신들이 억울한 일을 당한 사람이라는 것을 강조하면서도 그 자세한 내막은 알려주지 않았다. 그러자 유영은 운영과 김 진사에게 과연 어떤 숨은 사연이 있길래 그렇게 억울해하는 것인지 궁금해졌고, 그들의 사연을 묻게 되었다.

한편 안평대군의 일을 궁금해한 것은 유영의 개인적인 호기심이 발동했기 때문이다. 이것은 평소 유영이 안평대군에게 가졌던 호기심을 자극한 것인데, 유영이 운영과 김 진사 두 사람의 이야기를 경청하게 만드는 원인이 된다. 또한 이것은 운영과 김 진사가 유영 앞에 나타난 이유이기도 하다.

유영은 "옷이 남루하고 용모와 안색이 초라하여 놀러 온 사람들의 웃음거리"가 될 정도로 보잘것없는 선비였다. 그래서 큰마음을 먹고 나선 수성궁 나들이에서도 "어린 종은 물론 이미 자기를 알아주는 친구마저 없어 몸소 술병을 허리춤에 차고 홀로 궁문 안으로 들어갈" 정도로 궁핍하고 외로운 처지였다. 이처럼 유영은 불우한 처지에 있었기에 서글픈 사연을 지닌 운영과 김 진사의 사연에 관심을 갖고 공감할 수 있었다. 더구나 운영이 안평대군의 궁녀였음을 알고 안평대군에 대한 이야기를 듣고자 하는 욕망이 발동하게 되자 운영과 김 진사의 이야기를 경청하게 된다. 그러므로 운영과 김 진사가 안평대군에 대한 호기심을 가진 불우한 선비 유영 앞에 나타난 것은 우연이 아니다. 운영과 김 진사에게 유영은 자신들의 하소연을 들어주기에 적합한 인물이었다.

운영과 김 진사는 유영의 호기심을 자극하여 자신들의 억울한 사연, 즉 하소연을 할 준비를 마치게 된다. 「만복사저포기」, 「이생규장전」, 「하생기우전」의 원귀가 이승의 남성이 만나서 사건을 만들어 간다면, 「운영전」은 안평대군을 매개로 운영과 김 진사는 유영에게 과거에 있었던 자신들의 억울한 이야기를 하소연할 수 있게 되었다.

김 진사가 그때의 일이 기억 나냐고 운영에게 묻자 운영은 "가슴속에 쌓인 원한(怨)을 어느 날인들 잊을 수 있겠습니까? 제가 시험삼아 말할 테니, 낭군께서 계시면서 빠진 부분이 있으면 보충해주십시오."라고 대답하면서 사연을 말하기 시작한다. 안평대군이 15세기 초반의 인물이고, 운영과 김 진사가 유영 앞에 나타난 것이 17세기 초임을 감안한다면, 200년이라는 긴 시간이 지나서 기억이 흐려질 법도 하다. 하지만 운영은 가슴속에 원한이 깊이 쌓여 잊지 않았다고 한다. 그만큼 운영의 원한은 사무친 것이었다.

그러므로 운영은 유교의 질서를 위반한 대가로 스스로 목숨을 내놓았지만, 결코 자신이 잘못했다고 생각한 것은 아님을 알 수 있다. 그렇다면 무엇이 억울하다는 것인가?

운영이 자살을 한 이유

앞서 운영은 안평대군에 의해 강제로 유교 지식인으로 훈련되었는데, 이것에 불만을 가지고 있었음을 확인한 바 있다. 이 불만은 김 진사와의 사랑으로 이어졌으며, 그 결과는 죽음이라는 비극이었다. 이 둘의 사랑은 오로지 수성궁이라는 격리된 공간에서만 가능했다.

수성궁은 안평대군에 의해 축조된 유교의 유토피아였지만, 그 구성원이 궁녀라는 데서 문제적이었다. 수성궁이라는 공간은 유교적인 이상과 유교적 질서의 위반이 함께하는 공간이었다. 운영은 이 공간에서 유교의 이념을 단련하고 시 창작에 몰두함으로써 거주할 수 있었다. 김 진사는 그의 뛰어난 시 창작 능력으로 인해 수성궁에 초대되었다. 안평대군은 평소 외부인과 궁녀들의 접촉을 철저하게 막았지만 김 진사는 어리다는 이유로 궁녀들과 접촉할 수 있었다. 이 둘의 사랑은 수성궁의 질서는 물론 유교 질서도 위반한다는 점에서 용납될 수 없었다. 그러나 아이러니하게도 수성궁은 궁녀라는 부적격자에게 시 창작을 수련시켰다는 점에서 유교의 질서와 어긋나 있었고, 이로 인해 높은 담장에 의해 외부와 격리되었다. 운영과 김 진사의 사랑은 이러한 수성궁의 성격 때문에 이루어질 수 있었다. 수성궁의 담장은 운영과 김 진사의 만남을 가로막고 있었지만, 일단 김 진사가 수성궁의 담장을 넘어간 이후로는 외부인으로부터 둘의 관계를 감추는 든든한 버팀목이 되어주었다.

운영과 김 진사의 사랑은 수성궁의 궁녀들의 지지로 인해 유지될 수 있었다. 궁녀들 역시 유교의 지식을 수련하고 있으면서도 이에 불만을 갖고 있었고, 이 불만은 운영의 사랑을 지지하는 형태로 드러났다. 그러나 이들 모두는 수성궁 바깥에서는 유교의 이념에서는 허용되지 않는다는 것을 알고 있었다. 김 진사와의 탈출 계획을 세우던 운영은 자란의 설득으로 포기하게 된다. 이때 자란은 운영에게 도망간다는 것이 어려울 뿐 아니라 붙잡히기라도 한다면 혼자 곤경에 처하는 것이 아니라고 말한다. 자란은 그들의 사랑을 지지하고는 있지만, 그것이 당대의 사회에서 용납되지 않는다는 것을 알았기에 이들의 도주 계획을 질책했다. 자란뿐 아니라 운영 역시 둘의 사랑이 맺어진다는 것은 불가능한 일이었음을 알고 있었으며, 수성궁 안에서조차 안평대군이 눈치를 챈 상태에서 더 이상은 유지될 수 없다고 판단하고 김 진사에게 이별을 고한다.

그러나 끝내 운영과 김 진사의 사랑이 특에 의해 외부로 드러나게 되자 운영은 자결을 선택한다. 이들의 사랑은 수성궁 내부에서만 겨우 유지될 수 있을 뿐, 외부로 알려진 이상 어떤 방식으로든 해결되어야 했고, 소문의 주인공인 운영이 자결하는 것으로 마무리되는 형국이다.

그러므로 운영의 죽음은 운영이 외부의 질서, 즉 유교의 질서를 받아들였기 때문은 아니다. 운영으로서는 어쩔 수 없는 죽음이었다. 자신으로 인해 유교의 가치가 훼손되어 안평대군과 다른 궁녀들에게까지 화가 미치게 할 수는 없었기 때문이다. 하지만 원귀가 되어 유영 앞에 나타남으로써 애정의 가치를 추구했던 자신의 행위가 결코 잘못된 것이 아님을 강변하고자 한다. 따라서 운영이 원귀가 되어 나타났다는 것은 이념과 애정 사이의 문제를 제기한 것으로 이해할 수 있다.

하소연의 의미와 한계

운영은 유교의 절대화된 이념을 거부하고 애정을 추구했다는 이유로 죽어야만 했다. 그러나 원귀가 되어 나타나 자신의 죽음에 대해 말함으로써 애정이 부정당할 만한 가치가 아님을 드러낸다.

> "바닷물이 마르고 돌이 녹아 없어져도 이 마음은 없어지지 않으며, 땅이 늙고 하늘이 무너져도 이 한은 삭이기 어렵습니다. 오늘 저녁에 그대와 서로 만나서 이렇듯 진솔한 마음을 털어놓은 일이 전생의 인연이 없었다면 어떻게 가능했겠습니까? 엎드려 바라건대, 존경하는 그대가 이 글을 거두어 세상에 전하여 없어지지 않게 하되, 경박한 사람들의 입에 함부로 전해져 노리갯감으로 삼지 않게 해주십시오. 그래주신다면 더 바랄 것이 없습니다."

애정의 가치에 대한 긍정이 원귀 출현의 등장 이유였다면, 위의 인용문은 「운영전」에서 원귀의 원한을 해소하려고 시도에 해당하는 부분이라 할 수 있다. 우선 김 진사는 자신들의 한은 삭이기 어렵다고 말함으로써 자신들의 원한은 결코 풀리지 않는 성질의 것임을 강조한다. 그만큼 원한이 깊다는 의미이다. 그러고는 운영의 하소연이 시작될 때부터 운영과 자신의 이야기를 적은 글을 유영에게 전해주며 세상에 전해 없어지지 않게 해달라고 부탁한다. '더 바랄 것이 없다'는 말에서 운영과 김 진사의 해원은 자신들의 사연이 다른 사람들에게도 알려지는 것임을 알 수 있다. 유영은 운영의 사연을 듣는 청자의 역할 이외에도 이들의 사연을 다른 사람들에게 전달하는 전달자의 역할도 맡게 된 것이다.

애초부터 이들이 유영 앞에 나타난 목적은 유영에게 하소연을 하는 것 이외에도 자신들의 이야기를 유영 이외의 사람들에게 전달하는 데에도 있었던 것으로 보인다. 이야기를 세상에 전한다는 것은 다른 사람들에게도 자신들의 이야기를 들려주겠다는 것, 즉 유영에게 하소연했듯이 다른 사람들에게도 간접적으로나마 하소연을 하겠다는 의미이다. 그러므로 앞서 살펴본 작품들과 달리 「운영전」에서 하소연은 곧 해원이 된다. 그리고 이것은 운영이 잘못한 것인지, 아니면 억울한 일이 맞는지 여러 사람에게 따져보라는 의미이다. 절대화된 유교의 이념이 올바른 것인지, 애정은 추구되어서는 안 되는 것인지를 묻는다. 그래서 운영과 김 진사는 자신들의 이야기가 놀잇감으로 전락하는 것을 경계한다. 자신들의 억울한 사연은 단순한 남녀 사이의 사랑과 이별이라는 가십의 차원이 아니라는 말이다.

하소연으로 해원을 삼았다는 것은 일차적으로는 자기 치유를 가능하게 한다. 운영은 억울한 일을 당하였지만 어디에도 호소할 수도, 해결할 수도 없었다. 그녀는 말할 기회조차 잃어버린 존재가 되었다. 그러나 원귀가 된 이후에는 자세한 사정을 말할 기회를 얻게 된다. 이를 통해 원귀가 된 운영은 그 억울함을 조금이나마 덜어낼 수 있었다. 그리고 김 진사가 쓴 책을 통해 보다 많은 사람들에게 하소연함으로써 치유의 효과를 높이고자 한다.

그런데 하소연을 한다는 것은 자신의 행위가 정당함을 전제로 한다. 그렇다면 운영의 하소연은 자신의 사랑이 결코 잘못된 것이 아니라는 항변의 의미를 담고 있다. 비록 안평대군의 시대에는 받아들여지지 못했던 자신의 사랑을 후대에 나타나 하소연을 하는 것에는 자신의 사랑이 정당하다는 것을 호소하는 동시에 그것에 공감해주기를 바라는 운영의 바람이 담겨 있다고 볼 수 있다.

그러므로 운영은 비록 자살을 선택했지만 원귀가 되어 등장함으로써 자신의 죽음이 잘못되었다고 항변하고 있고, 이를 통해 절대화된 이념에 대해서 이의를 제기하고 있다.

그러나 앞에서 살펴본 원귀들이 하소연을 한 이후 그것을 해소하기 위한 해원을 시도한 것과 달리 운영의 해원이 하소연 자체에 머무른다는 것은 결국 운영을 원귀로 만든 억울함을 해소할 수 없다는 징표이다. 운영의 하소연이 곧 해원이라는 것은 억울함을 해소하기 위한 방법이 없다는 의미이기 때문이다. 시간이 한참 지난 후에도 운영의 억울함은 그저 하소연으로밖에 그칠 수 없는 성질의 것이었다. 비록 인간보다 우월한 능력을 소유한 원귀라는 존재로 등장하였으나, 당대 사회의 절대화된 유교 질서는 운영의 사랑을 허용하지 않았다. 그저 유영과 같이 불우한 선비의 공감을 얻을 수 있을 뿐이었다. 원귀가 되어서도 해원을 위해 하소연 이외에는 아무것도 할 수 없는 운영의 모습은 여전히 운영과 김 진사의 사랑이 허용되지 않음을 보여준다.

원한이 다 풀린 것이 아니냐는 유영의 질문에 수성궁의 폐허를 보니 슬프다는 김 진사의 대답은 엉뚱해 보인다. 그러나 유교 사회의 경계에 있던 대군의 패배는 곧 자신들의 패배와 동일시되기에 슬픔을 느꼈던 것이다. 안평대군의 패배는 운영과 김 진사의 사랑이 불가능하다는 것을 다시 확인하는 사건이다. 오직 안평대군이 세운 수성궁에서만 운영과 김 진사의 사랑은 가능했고, 안평대군은 둘의 사랑을 알면서도 허용하려 했다. 이러한 안평대군의 패배는 세상 어디에도 운영과 김 진사의 사랑이 불가능하다는 것을 의미한다. 운영이 원귀가 되어 나타났다는 것은 여전히 자신의 사랑이 정당하다는 주장이지만, 오랜 시간이 지난 이후에도 이들의 해원은 다만 하소연으로 그칠 수밖에 없는 것은 수성궁과 같이 이념과 애정이 공존할 수 있는 공간이 없다는 의미이다. 훌쩍 시간이 흐른 이후에도 여전히 운영의 사랑은 허용되지 않는다.

「만복사저포기」나 「이생규장전」, 「하생기우전」은 비록 남녀 사이의 애정을 그리고 있다 하더라도 그들에게 중요한 것은 정욕 자체가 아니라 그들 사이의 의리, 즉 정절이었다. 「만복사저포기」와 「이생규장전」은 유교의 가치 가운데 상충되는 것들을 내세우고 그것들의 우열을 가릴 수 있는가를 물었다. 「하생기우전」에서는 유교 이념이 잘못된 것과 그것의 해결책을 제시하고 있다. 세 작품은 모두 유교 이념 자체에 이의를 제기하고 있지는 않다.

그러나 「운영전」에서는 유교 이념에 자체에 대한 질문을 던지고 있다. 운영을 비롯한 「운영전」의 인물들은 유교의 이념을 수련하였고 그 경지가 상당 수준에 이르렀으면서도 이념과 상충하는 애정을 긍정하고 있다. 「운영전」은 정욕을 문제 삼고 있고 있으며, 이는 이념에 대한 회의로 이어진다. 그리고 원귀라는 소재를 통해 이념에 대한 회의를 드러내는 것은 이후 등장하는 원귀의 모습과도 연결된다.

가부장제에 희생된 여인들, 명예 회복과 복수를 꿈꾸다

앞에서는 전기소설에 등장하는 여성 원귀에 대해 살펴보았다. 그 결과 이 원귀들은 모두 유교 이념에 대한 이러저러한 질문을 던지고 있음을 확인할 수 있었다. 「만복사저포기」와 「이생규장전」에서는 정절과 평범한 여성의 삶 가운데 어떤 것이 더 가치 있는가를 물었으며, 「하생기우전」에서는 사회의 부조리가 유교 질서대로 유지되지 않기 때문임을 지적하고 유교 질서의 회복을 통해 그것을 극복할 수 있다고 했다. 그러면서 유교 질서의 유지가 여성 원귀에 의해 이루어진다는 점을 보여줌으로써 유교의 원리대로 운영되기 어렵다는 것을 지적하고 있다. 「운영전」에서는 절대화된 유교 질서가 인간을 억압하는 정황을 드러내어 그 절대화된 유교 이념에 대한 회의감을 드러냈다.

이제부터는 한글소설에 등장하는 여성 원귀에 대해 살펴볼까 한다. 「운영전」 이후 전기소설에서는 더 이상 여성 원귀의 모습을 찾아볼 수 없게 된다. 이른바 세태소설 혹은 남성 훼절 소설로 분류되는

「오유란전(烏有蘭傳)」, 「종옥전(鍾玉傳)」 따위의 작품에서 귀신은 찾아볼 수 있다. 그러나 여기에 등장하는 귀신들은 실제 귀신이 아니라 남성 주인공을 속이기 위한 장치로 활용되는 가짜 귀신들이다. 어떤 원한으로 인해 이승에 남아 있는 원귀의 형상도 아니다.

「운영전」 이후 여성 원귀의 형상은 「장화홍련전(薔花紅蓮傳)」, 「김인향전(金仁香傳)」, 「정을선전(鄭乙善傳)」, 「숙영낭자전(淑英娘子傳)」과 같은 한글소설에서 그 모습을 드러내고 있다. 여기에 등장하는 원귀들은 전형적인 원귀의 모습, 즉 처참한 형상으로 나타나 복수를 감행한다. 이들 작품에서 여성 원귀는 어떠한 이유로 등장하고, 어떤 방식으로 해원을 시도하고 있으며, 그것이 제기하고 있는 문제는 무엇인지 살펴보자.

1

악독한 계모와 무능한 아버지

「장화홍련전」과「김인향전」의 전처 딸들

전처 딸들은 왜 죽어야 했나?

「장화홍련전」은 계모와 전처 딸들 사이의 갈등을 다룬 이른바 계모형 소설의 대표적인 작품이다.「김인향전」의 경우, 계모와 전처의 딸들 사이에 벌어지는 갈등이라는 점에서「장화홍련전」과 매우 유사한 갈등 구조를 가지면서도 결말 부분이 애정소설과 결합하는 양상을 보이고 있다. 두 작품에 대한 연구는 대체로 조선 후기 가족제도나 가부장권과 관련되어 이루어져왔다. 인물에 대한 연구의 경우, 계모에 대해서는 주목되었지만, 주인공이라 할 수 있는 장화와 홍련 혹은 인향과 인함 등 원귀로 등장하는 인물들을 집중적으로 조명한 경우는 별로 없다.

우선 살펴보아야 할 것은 원귀들의 원한이 무엇이고 어떤 방식으로 해원을 하려고 하는가이다.

밤이 깊은 후 홀연 찬바람이 일어나며 정신이 아득하여 어떻게 할 줄 모를 즈음 한 미인이 녹의홍상으로 문을 열고 들어와 절하였다. 부사가 정신을 가다듬어 물었다.

"너는 누구인데 깊은 밤에 찾아와 감히 만나고자 하는가?"

여자가 고개를 숙이고 일어나 다시 절하여 말하였다.

"저는 이 고을 사는 여자입니다. 이름은 홍련이고, 배 좌수의 딸입니다. 장화는 저의 언니입니다. 언니의 나이는 여섯 살, 제 나이 네 살에 어머니를 여의고 아버지를 의지하여 살았습니다. 세월이 흘러 아버지가 후처를 얻었는데, 용모와 행실 가운데 하나도 취할 것이 없으나, 공교롭게도 연달아 아들 셋을 낳으니 자연히 아버지에게 저희를 참소하고 구박을 심하게 했습니다. 하지만 계모도 어머니라 하여 섬기기를 극진히 하였는데, 저희가 장성하여 얼굴과 재질이 천박하지 아니하니, 아버지가 저희 자매를 애지중지하여 어진 배필을 구하고자 하였습니다. 그러자 계모가 시기하여 장차 스무 살이 되도록 혼처를 정하지 못하다가 소녀의 몸이 원혼이 되었습니다. 이렇게 온 것은 다름이 아니오라 아버지는 본래 재산이 없고 친어머니가 재물이 많아서 노비가 천여 명이고 전답이 천여 석이요, 금은보화는 수천 수레에 이르니, 저희가 결혼을 하면 그 재산을 다 가져갈까 하여 저희를 죽이고 재산을 빼앗아 제 자식에게 주고자 하여 흉계를 내어 큰 쥐를 잡아 피를 많이 바르고 낙태한 형상을 만들어 가만히 언니의 자는 이불 밑에 넣고 아버지를 속여 죄를 만든 후에 거짓으로 외삼촌 집에 보내는 척하고 갑자기 말을 태워 그 아들 장쇠를 시켜 연못에 빠져 죽게 했습니다. 소녀는 이 일을 알고 원통했으나 스스로 생각하니 구차하게 살았다가 또한 그 흉계에 빠질까 두려워 마침내 언니가 빠져 죽은 곳에 가서 죽었습니다. 죽는 것은 서럽지 않으나, 언니가 불측한 악명을 씻을 길을 없어 더욱 원혼이 되었습니다. 이에 오시는 원님마다 원통한 사정을 아뢰었는데, 다 놀라 죽어 바람을 이루지 못했는데, 오늘 천하의 명관을 만나 당돌히 원통한 사정을 아뢰오니, 명관께서는 소녀의 억울한 사연을 어여삐 여기셔 죄의 유무를 밝혀 원수를 갚아주시고 언니의 누명을 벗겨주시면 명관께서 이 고을에서 태평히 지내시고 아무런 폐단도 없을 것입니다."

위의 장면은 「장화홍련전」에서 원귀가 된 자매가 부사 앞에 나타나 하소연을 하는 부분이다. 여기서 홍련은 부사에게 자신들의 어린 시절부터 죽을 때까지의 내력을 간단하게 얘기하고 있다. 독자들은 이미 앞선 서사를 통해서 이러한 장화와 홍련의 사연을 다 알고 있는 상태이며, 홍련의 말을 통해서 다시 한 번 상기하게 된다. 그러나 앞선 서사만으로는 얻을 수 없는 정보도 여럿 있으며, 이 정보들은 장화와 홍련의 죽음을 이해하는 데 중요한 단서를 제공한다.

계모의 흉계로 인해 장화가 죽고, 이어서 홍련이 따라 죽은 것은 앞선 이야기에 어느 정도 드러나 있다. 그런데 홍련은 여기서 계모가 언니인 장화를 죽인 이유로 재산 문제를 들고 있다. 장화가 시집을 갈 때 가져갈 재산이 아까워 죽은 쥐를 이용한 흉계로 아버지를 속였다는 것이다. 그로 인해 장화는 이복 남동생인 장쇠의 손에 이끌려 연못에 빠져 죽게 된다. 장화가 죽게 되면서 계모는 자신의 아들들에게 더 많은 재산을 줄 수 있게 된다. 즉, 계모는 타고난 성품의 문제도 있겠지만, 재물이라는 현실적인 문제 때문에 장화를 죽인 것으로 설정된다.

홍련은 자신 역시 언니인 장화처럼 억울한 일을 당할까 두려워 장화가 빠진 곳에 가서 따라 죽었다고 말한다. 그러면서 죽은 것은 억울하지 않지만, 언니의 악명을 씻을 길이 없어 원귀가 되었다고 말한다. 이때 악명이라는 것은 처녀가 낙태했다는 혐의, 즉 음란한 여자라는 누명이다.

조선 후기의 여성들은 음란한 행위를 하지 않았어도 그런 소문만이 나는 것만으로도 죽어야 하는 경우가 많았는데, 심지어 장화는 낙태한 물건까지 증거로 제출된 상태였다. 그러자 장화의 아버지인 배좌수는 가문의 명예를 위해서 장화를 연못에 넣어 죽이라고 했다. 홍련 역시 장화처럼 정절을 잃었다는 누명을 쓰고 죽기 전에 자살하는 것이 낫겠다고 판단하고 실행에 옮긴다.

그러므로 장화와 홍련의 억울함은 정절을 잃었다는 악명 때문에 죽은 것이며, 그 억울함을 해소하기 위해 부사 앞에 나타났다. 이때 장화와 홍련이 비중을 두는 쪽은 죽음보다는 악명이다. 장화는 원귀가 되어 부사 앞에 나타나는 장면 이외에도 도처에서 죽음보다 정절을 잃었다는 누명이 억울하다고 말한다. 가령 장화는 연못 앞에 빠져 죽기 전에 "간악한 사람의 모해를 입어 활활 타오르는 불에 나비가 죽듯 하니 죽는 서럽지 않지만 불측한 악명을 언제나 씻을까?"라고 말하는데, 이것은 죽는 것보다 정절을 잃었다는 누명을 더 문제 삼고 있음을 드러낸다. 또한 홍련이 자살을 결심하는 장면에서도 장화처럼 정절을 잃었다는 누명을 쓰고 죽는 것을 극도로 꺼림을 볼 수 있다. 또한 홍련이 원귀가 되어 지속적으로 강조하는 것은 장화의 무죄함을 밝히는 것이었다. 이와 같은 양상은 「김인향전」에서도 나타난다.

인향이 여쭈었다.

"소녀 등은 이름이 인향과 인함이요 본읍 좌수 김석곡의 딸입니다. 불행히 조실부모하고 정씨 계모를 얻은 후 무수한 박대를 당하다가 계모 마음이 어질지 못함으로 자기 자식은 사랑하고 우리 삼남매는 구박과 학대가 심하였습니다. 하루는 목화 따러 가자 하기로 따라 갔더니 어떤 노파가 목화 동냥을 달라 하다가 떡을 내어 팔아달라 하기로 계모 떡을 사서 소녀를 주기로 주린 김에 먹었더니 그 떡을 먹은 후로 신병이 들어 죽게 된 중에 또 하루는 무슨 고기인지 주기로 주린 김이라 다 먹었더니 그 고기 먹은 후부터는 잉태함과 같으며 얼굴에는 새알 기름이 끼여 죽을 지경으로 소녀에 집 후원 방에 가 갇혀 있었습니다. 하루는 뒷담을 헐어놓고 사람 왕래에 자취를 만들어놓고 부정한 음담패설에 편지를 써가지고 제 방으로 들어와 의복을 갈아 치우는 체하더니 제 손으로 꺼내는 모양으로 해가지고 양반의 집 딸로서 외간 남자와 간통하여 아이를 배었다고 소녀 부친 좌수에게 거짓말로 꾸며 소녀를 이 앞 심천동 연못에 빠져 죽게 하였습니다. 소녀 동생 인함과 서로 의지하고 있다가 소녀 죽으니 의탁할 곳이 없어 인함이

소녀 죽은 심천동 연못을 찾아와서 목을 매고 죽으니 형제 원통하
여 원귀 되어 허공 중천에 떴습니다. 명찰하신 사또님은 소녀 계
모 정씨와 떡장사 노파를 잡아다가 흑백을 분별하시고 소녀 등의
원통한 원한을 풀어주시면 죽은 원혼이라도 결초보은하겠습니
다."

위의 인용문은 「김인향전」의 인향이 자신의 억울한 사연을 부사
앞에서 하소연하는 장면으로, 「장화홍련전」과 그 내용은 거의 같다.
인향 역시 「장화홍련전」의 홍련과 마찬가지로 자신의 출생부터 시작
하여 간략하게 자신의 사연을 전달한다. 작품을 착실히 읽은 독자들
로서는 모두 알고 있는 내용이지만, 「장화홍련전」과 마찬가지로 살
인 사건과 관련된 중요한 정보를 제공한다.

인향은 계모의 심성이 어질지 못해 계모가 자신의 자식은 사랑
하고 인향 남매는 구박과 학대가 심했다고 주장한다. 이것을 증명하
기 위해 「김인향전」은 작품 초반에 계모의 영입 이후 인향 남매가 당
해야 했던 모진 구박에 대한 묘사를 늘어놓고 있다. 오라비와 자매는
서로 떨어져 만날 수가 없었으며, 각기 일시도 놀지 못하고 고된 노
동에 시달려야 했다. 남루한 의복은 물론이고 식사도 제대로 할 수
없었다. 학대의 장면은 「장화홍련전」보다 더욱 구체적으로 그려지
며, 비록 「장화홍련전」과 마찬가지로 인향의 혼인이 대두되면서 계
모의 살해는 이루어지지만, 살해의 원인은 계모의 심성 문제로 치환
된다.

「김인향전」에서는 계모가 전처의 딸에게 누명을 씌우는 장면이

「장화홍련전」보다 좀 더 치밀하게 그려진다. 계모는 동냥을 다니는 노파와 결탁하여 인향이 임신한 것처럼 만들었으며, 뒷담을 헐어 외부의 사람이 오고 가는 형상을 만들고 인향이 음란한 편지를 받은 것처럼 꾸몄다.

이처럼 방법은 달랐지만 「김인향전」에서도 「장화홍련전」과 같이 여주인공이 정절을 잃었다는 누명을 쓰고 죽게 된다. 인향 역시 가문의 명예를 지키려는 아버지에 의해 죽는다. 인향의 동생 인함이 의지할 곳이 없어서 인향을 따라 죽는다는 설정은 「장화홍련전」과 같은 구조이다.

인향 역시 장화처럼 부사에게 자신을 억울하게 죽게 만든 계모와 노파를 잡아 억울함을 풀어달라고 부탁한다. 인향은 계모의 흉계로 죽기 전 아버지에게 억울함을 호소하면서 "여자의 몸으로 실행하여 몸이 이렇게 잉태를 하였는데 어찌 살기를 바라리오? 천지간 죄인이 어찌 용납될까? 죽기는 원통하지 않지만, 더러운 누명을 입으니 철천지한이로다."라고 말한다. 여기에서 인향은 「장화홍련전」의 장화와 홍련처럼 죽음의 문제보다는 정절로 인해 명예가 실추된 것을 더 중요하게 여기고 있음을 알 수 있다. 즉, 원귀가 되어 이승에 나타난 이유는 죽음 자체보다는 정절을 잃었다는 누명에 대한 억울함이며, 이것을 해결하기 위해서 이승에 나타나 고을의 부사에게 하소연을 하고 해원을 시도한다.

험난한 해원의 과정

「장화홍련전」과 「김인향전」에서 원귀들은 모두 처녀가 음란하였다는 누명을 쓰고 죽은 것이 억울하여 이승을 떠나지 못했다. 조선후기의 사회에서 여성이 음란하다는 소문은 목숨까지 내놓아야 하는 중대한 문제인바, 정절은 그들의 목숨을 좌우하는 것인 동시에 개인과 가문의 명예와 관련되어 있다. 그래서 이들은 고을의 부사에게 나타나 하소연을 하면서 누명을 벗고 계모 등 자신의 죽음에 책임이 있는 자들에 대한 복수를 부탁함으로써 해원을 시도하고 있다. 그런데 해원을 시도하는 과정이 순탄하지 않았다.

그 후로 물안개 자욱한 가운데 슬피 우는 소리가 밤낮으로 연속하여 계모에게 애매하게 죽음을 말하니, 이 근방이 다 알게 하려는 것이다. 한편, 장화 자매의 원혼이 구천에 사무쳐 늘 신원하고자 하지만, 본읍의 원님에게 들어가니 원님이 기절하여 죽으니 이렇듯 여러 해 지나니 철산이 자연 폐읍이 되었다.

위의 인용문은 「장화홍련전」에서 장화와 홍련은 억울하게 죽은 이후의 상황을 보여준다. 원귀가 된 장화와 홍련은 슬피 울면서 계모에게 억울하게 죽었음을 주변에 알린다. 장화와 홍련의 억울함은 모든 고을의 사람들이 다 알고 있었지만, 고을 사람들이 아는 것만으로는 사건은 해결되지 않았다. 확실한 증거 없이 소문만으로는 가문에 속하지 않은 사람이 사건에 개입하기는 어렵기 때문일 것이다. 그러므로 장화와 홍련이 고을의 부사를 찾아가는 것은 자연스럽다.

더구나 장화와 홍련이 원했던 것은 자신들을 죽음으로 몰고 간 계모에게 복수를 하는 것보다는 신원(伸冤), 즉 장화가 부정한 행위를 하지 않았음을 밝히는 것이 더 우선이었다. 계모에 대한 복수, 즉 계모를 죽이기 위해서라면 원귀가 된 처녀들이 굳이 부사를 찾아갈 필요는 없다. 계모를 찾아가서 복수를 하면 될 일이었다. 그러나 이들은 고을 사람들에게 자신들의 억울함을 알리고 부사를 찾는 것은 복수보다는 명예를 회복하는 것이 더 중요한 문제였기 때문이다. 또한 명예를 회복한다면 자연스레 복수가 가능하기 때문이기도 하다.

따라서 원귀는 자신의 억울한 죽음을 개인 혹은 가문의 문제가 아닌 공적인 차원으로 확장할 필요가 있었다. 공론화된 장소에서 자신들이 부정하지 않았다는 것이 밝혀져야 정절이 훼손된 여자라는 억울함이 풀리게 되며, 이러한 판결을 바탕으로 계모에 대한 복수가 이루어져야 제대로 해원이 가능하다. 그러므로 고을의 부사를 만나는 일은 이들에게 해원을 위한 필수 조건인 셈이다.

부사 역시 고을 내의 사건을 해결해야 할 의무가 있다. 그러므로 부사의 입장에서도 장화와 홍련을 만나 그들의 사건을 듣고 진상을 파악할 필요가 있었다. 그래야만 사건의 해결이 가능하기 때문이다. 이때 부사는 가정이 아닌 고을이라는 보다 큰 범주에서 모든 판단과 결정을 내리는 위치에 있기에 사회적인 차원에서의 가부장의 역할을 수행한다고 볼 수 있다. 이것은 실패한 가정의 가부장, 즉 진실을 밝힐 능력이 없는 아버지를 대신한다는 의미이기도 하다.

그러나 장화와 홍련이 부사를 만나는 일은 쉽지 않았다. 원귀가 된 장화와 홍련은 억울함을 풀기 위해 고을의 부사를 만나고자 하지만, 원귀를 만난 부사들이 기절하여 죽어버린다. 해원을 위해 하소연을 들어줄 부사가 사라졌으니, 이들의 억울함은 여전히 해결되지 못한 채 남게 된다.

정절과 관련된 다툼은 그 진상을 밝히기가 어렵다. 일단 여성이 음란하다거나 외간 남자와 심상치 않은 관계라는 소문이 나면 그것을 증명하기 어렵기 때문이다. 이러한 이야기들은 조선 후기에 등장하는 이야기들에서 심심치 않게 만날 수 있다.

예를 들어, 임매(任邁)가 지은 이야기책인『잡기고담(雜記古談)』내의「누명을 벗은 과부」이야기에서 과부의 재산을 노린 머슴은 주변 사람들에게 두 사람이 사통한 것처럼 꾸며 그 재산을 차지할 욕심을 부린다. 이때 과부가 머슴의 흉계에서 벗어날 수 있었던 것은 송사에서 잘잘못을 가려서가 아니라 과부의 재치 덕분이었다. 과부는 일부러 관리들에게 자신의 몸에 흉터가 있다고 거짓 정보를 흘리고, 머슴에게 매수된 관리들은 이 사실을 머슴에게 알려준다. 머슴은 자신이 과부와 정을 통한 증거로 과부의 몸에 흉터가 있음을 말하자 과부는 자신의 웃옷을 벗어 아무런 흉터가 없음을 보여줌으로써 머슴이 거짓을 고하고 있다는 것을 밝혀낸다.

과부는 정을 통하지 않았다는 것을 증명하기 위해 외간 남자들 앞에서 맨몸을 드러내는 수치스러움을 참아야 했다. 이것은『잡기고담』의 저자 임매가 과부의 이야기를 서술하면서 논평부의 맨 앞에 쓴 "속담에 '도둑의 누명은 벗을 수 있어도 음란하다는 누명은 벗지 못한다'라는 말이 있다."라는 구절과 대응한다. 이를 통해 당시 여성들이 음란하다는 혐의를 입으면 결백을 증명하기 어렵다는 것을 알려준다.

「은애전(銀愛傳)」은 좀 더 극단적인 경우로, 음란하다는 소문이 난 김은애는 그 억울함을 이기지 못해 소문의 유포자를 죽이고 만다. 자신의 결백을 도저히 밝힐 수가 없었기에 소문의 유포자를 죽이는 것으로 자신이 부정한 여성이 아니라는 것을 증명하려 한 것이다. 이 극단적인 이야기의 결말은, 그러나 정조가 은애를 놓아주라고 하면서 이덕무(李德懋)에게 그 기록을 남기라고 함으로써 후대에까지 전해지게 된다. 정조는 "정녀가 음란하다는 모함을 당한 것은 천하의 지극히 원통한 일"이기 때문에 살인을 저지른 은애를 놓아주라고 명하는데, 여기서 조선 사회가 여성의 정절을 얼마나 중요하게 여기는지, 그리고 그것을 증명하는 것은 극단적인 방법이 아니라면 어렵다는 사실 또한 알 수 있다.

장화의 경우 역시 과부나 은애의 사정과 다르지 않다. 장화는 처녀가 낙태를 했다는 혐의로 죽게 되었으니, 그 누명을 벗는 것은 불가능했다. 그래서 장화는 원귀가 되었고 온 고을의 사람들이 다 알도록 하소연을 했지만 해결되지 않았다. 이것은 고을의 부사를 찾아가도 마찬가지였다. 원귀가 된 장화와 홍련을 본 부사들은 죽거나 정신이 나가고 만다. 그렇게 되자 부사의 직책을 수행하기 위해 아무도 이 고을로 오지 않으려 한다. 고을을 다스릴 부사가 없으니 자연히 고을은 폐읍이 된다. 이러한 일련의 과정을 통해 그만큼 장화와 홍련의 문제가 심각한 것이며, 해결되기 어려움을 잘 보여준다.

이러구러 세월이 흘러 인향이 죽은 지 반년이라. 이때부터 심천동 연못에서 낮이면 오색구름에 싸여 있고 밤이면 슬픈 귀곡성이 간간히 들리는지라. 이러함으로 이곳으로는 해만 지면 행인이 적더라. 이 소문이 원근에 낭자하여 그 고을의 관장이 내려오면 밤중에 놀라 죽고 혹은 병이 들어 올라갈 때 무수하니, 이러함으로 폐읍이 되었다. 평안감사 날마다 근심하여 알아보니 그 고을 김좌수의 딸 형제가 심천동에 빠져 죽은 후로 원혼이 되어 원님에게 설원하러 들어간즉 원님마다 놀라 죽기도 하며 혹 병들어 올라간다 한다.

위의 인용문에서 보이듯 「김인향전」의 경우에도 「장화홍련전」과 마찬가지로 죽은 인향 자매는 원귀가 되어 원님 앞에 나타나지만 원님마다 죽거나 병들어 하소연조차 할 수 없는 상황에 놓이게 된다. 폐읍이 되었다는 데서 이들의 사정을 시급히 해결해야만 할 사건임을 알려준다. 다만 여기서 인향 자매의 원한은 「장화홍련전」과는 달리 고을 사람들은 알지 못하는 것으로 처리되어 있다.

고을을 다스릴 부사의 부재로 인해 폐읍이 된 상황은 곧 조정의 근심이 된다. 무질서의 상황을 두고 볼 수 없는 조정에서는 능력이 있는 관리를 통해 돌파구를 마련하고자 한다. 이들은 남들보다 뛰어난 능력을 갖춘 인물로 묘사되는데, 이를 통해서 능력 있는 관리가 아니라면 정절의 문제는 쉽게 해결되지 못한다는 의미를 전달한다. 그런데 부사가 사건을 해결하는 방식은 이들의 뛰어난 능력과는 다소 거리가 있어 보인다.

이날 밤 홍련 자매는 부사 앞에 나아와 재배하고 여쭈었다.

"천만의외로 명관을 만나 우리 자매의 누명을 씻을까 했는데, 명관도 흉녀의 간특한 꾀에 빠질 줄 어찌 생각하였겠습니까?"

하며 슬피 울다가 다시 여쭈었다.

"명관은 깊이 생각하십시오. 석자의 대순도 계모의 해를 입었으니, 소녀의 각골한 원한은 삼척동자도 다 압니다. 이제 명관이 간악한 계집의 말을 곧이들어 극흉극악을 깨닫지 못하시니, 어찌 슬프지 않겠습니까? 소녀의 일은 천지가 다 알고 계시니, 원한을 씻기 쉬울 것입니다. 소녀의 어리석은 소견으로는 흉녀를 다시 잡아서 낙태한 것을 올리라 하여 배를 가르고 보시면 반드시 거짓을 알 수 있을 것입니다."

장화와 홍련은 부사 앞에 나타나 억울한 사연을 하소연하고 부사로부터 사건을 해결해주겠다는 약속을 받고 물러난다. 그러나 계모는 마치 이러한 상황을 예견이라도 했다는 듯, 장화가 낙태한 물건을 증거로 제시함으로써 사건은 다시 제자리로 돌아오게 된다. 원귀들의 말만 믿고 낙태의 증거를 갖고 있는 계모를 잡아들일 수는 없으니 부사는 고민에 빠지게 된다. 모함으로 인해 훼손된 여성의 명예를 회복하는 일이 얼마나 어려운 것인지 다시 한 번 드러나는 장면이라 할 수 있다.

그러자 장화와 홍련은 다시 부사 앞에 나타나 위의 인용문에서처럼 사건을 해결하지 못한 부사를 원망한다. 그러면서 사건을 해결할 수 있는 단서, 즉 낙태의 물증으로 제시된 것의 배를 갈라보라고 부사에게 말하고 이를 부사가 실행함으로써 사건은 해결된다. 이본*에 따라서 이 부분은 약간 다르게 묘사되기도 하는데, 예를 들어 한문본에서는 장화와 홍련이 부사에게 원망하는 장면이 드러나지 않기도 한다. 그러나 이본마다 계모가 낙태한 물건이라고 제시한 것이 사실은 큰 쥐를 꾸민 것임을 알려주는 주체가 장화와 홍련이라는 점은 동일하다. 이것은 대외적으로 사건 해결의 주체는 부사이지만, 실제 사건의 해결에서 결정적인 기여를 한 것은 장화와 홍련임을 의미한다. 부사는 사건 해결의 주체인 듯 보이지만, 실은 장화와 홍련의 원한을 공적인 차원에서 해소해주는 역할을 수행할 뿐이다.

부사 호령을 추상같이 하며 계단 아래 형장 태장을 벌인 후에 부사 내려다보니 얼굴이 표독하고 살기 가득하여 심사를 알 수 있었다. 부사 호령을 천둥같이 하며 말하였다.

"네 악독한 계집년아, 들어라. 네 어찌하여 남의 후처 되었거든 아무쪼록 전실 자식을 친자보다 더 사랑하여 좋은 것을 가르쳐 좋은 가문에 출가를 시켜도 남의 부모란 말을 듣는데, 하물며 간특한 흉계를 내어 남의 집을 망하게 할 뿐 아니라, 전실 자식을 모해하여 둘을 죽였으니 네 어찌 살기를 바랄까?'

하며 호령이 천둥 같은지라. 정씨 안색을 바꾸지도 않고 거짓말

---

*   고전소설은 여러 버전이 존재한다. 근대 이전에는 저작권 개념이 없었기 때문이다. 독자들은 자신이 읽은 작품에 불만이나 희망을 섞어 새로운 버전의 작품을 만들어낼 수 있었는데, 이를 이본이라 부른다.

로 말을 꾸며 말하였다.

"소녀의 집 모두가 압니다. 소녀는 조금도 죄가 없으니 억울합니다."

부사 크게 화가 나 말하였다.

"네 죄를 어찌 내가 모르리오? 네 조금이라도 거짓을 말하면 곤장을 면치 못 하리라."

하며 형구를 벌여놓고 큰 소리로 말하였다.

"빨리 아뢰라."

하는 소리 천둥 같으니, 정씨 낙담하여 간신히 정신을 차려 여쭈었다.

위의 인용문은 「김인향전」에서 사건의 진상이 밝혀지는 부분이다. 계모에 대한 편견과 부사가 사건을 해결하는 방법이 드러나 있다. 계모는 전실 자식을 친자식보다 더 사랑하여 길러도 남의 부모란 말을 듣는다는 부사의 말에서 계모에 대한 부정적인 시선을 읽을 수 있다. 계모는 계모일 뿐 친모와는 다르다는 인식을 부사의 입을 통해서도 확인할 수 있다.

「김인향전」의 부사가 사건의 진상을 밝히는 장면은 「장화홍련전」과는 차이를 보인다. 「장화홍련전」에서는 장화와 홍련이 사건의 진상을 알려준 것과 달리 「김인향전」에서는 부사 스스로 사건을 해결하므로 언뜻 부사의 능력이 발휘된 것 같기도 하다. 그러나 「김인향전」에서 부사가 사용한 방법은 형구를 벌여놓고 천둥 같은 호령으로 계모에게 겁을 줌으로써 자백을 받아내는 것이었다. 사건의 실상이 드러나기는 하지만, 수사관으로서의 능력이 발휘되었다고 보기는 어렵다.

두 작품에서 부사는 스스로의 능력을 활용하여 치밀한 수사를 통해 사건의 진상을 밝히는 것이 아니었다. 「장화홍련전」에서 사건 해결의 열쇠는 장화와 홍련에 의해 제시되었고, 「김인향전」에서는 비록 부사 단독으로 사건을 해결하고는 있으나 그것은 계모를 겁박하는 방식이었지 부사의 수사 능력이 부각되는 소위 공안소설의 방식은 아니다.

공안소설은 범죄의 그 전개 과정과 추리를 다룬다. 즉, 갈등을 해결하기 위해 판관에게 자신의 억울함을 호소하여 갈등의 주체들이 잘잘못을 가리는 것뿐 아니라, 판관이 능력을 발휘하여 사건을 해결해나가는 과정을 묘사하는 것이 주요한 공안 서사의 요소이다. 그러므로 판관의 능력이 두드러지게 나타나기 마련이다. 그러나 「장화홍련전」과 「김인향전」에서는 사건 해결자로서의 부사의 능력은 부각되지 않는다. 이것은 두 작품의 관심사가 부사의 사건 해결 과정보다는 정절이 훼손되었다는 누명을 쓰고 원귀가 된 처녀들의 하소연과 해원에 더 관심을 두고 있음을 의미한다. 원귀의 욕망이 부사를 경유하여 실현되고 있는 것이다.

「장화홍련전」에서는 조작된 증거물이 밝혀짐으로써, 「김인향전」에서는 계모의 자백에 의해 사건의 진상은 밝혀지게 된다. 애초에 처녀가 낙태를 했다거나 임신을 했다는 혐의는 계모의 흉계로 밝혀지며, 이로써 처녀들의 훼손된 명예는 다시 회복된다. 이들을 모함한 계모는 극형에 처해지면서 사건은 마무리된다. 이로써 원귀들은 훼손된 명예를 회복하고 복수를 완성하게 된다.

가문의 명예를 위하여

두 작품에서 원귀의 등장과 해원의 과정은 계모에 의한 가정의 비극과 해결로 귀결된다. 가정의 비극은 친자식이 아니면 사랑을 주지 않는 계모와 친어머니가 아니라면 따르지 않는 전처의 자식들에 의해 발생한다. 이것은 혈연 중심의 가정이 이상적인 가정이라는 사고에 기반한 것으로, 외부인인 계모가 가정에 침입하게 됨으로써 생기는 가정 비극의 문제를 보여주고 있다. 이 과정에서 가정의 비극은 계모를 희생양 삼아 개인의 심성 차원의 문제로 치환된다.

이처럼 「장화홍련전」과 「김인향전」의 서사는 여성에게 정절이 무엇보다도 중요한 것임을 알려준다. 이들은 모두 정절을 지킬 수 없다는 이유로 아버지의 결정에 따라 가족의 손에 이끌려 죽어야만 했다. 여성은 정절을 지키지 못하면 죽어야만 한다는 점에서 정절은 여성의 생명을 좌우할 정도로 중요한 가치인 것이다.

그런데 정절의 명분으로 죽어야 했던 여성들은 결백했다. 장화와 인향은 계모의 흉계 때문에 처녀의 몸으로 외간 남자와 사사로이 관계를 가진 여성으로 낙인 찍혀 죽어야 했다. 그래서 누명을 쓴 처녀들은 원귀로 나타나 자신은 아무런 죄가 없음을 호소한다. 원귀들은 죽은 것은 상관없지만, 음란한 여성이라는 오명을 쓰고 죽은 것 때문에 이승으로 돌아왔다. 그것은 개인의 명예에 대한 문제이기도 했지만, 음란한 여성을 가문의 차원에서 죽였던 것은 가문의 명예를 지키려 했다는 점에서 처녀들의 정절은 가문의 명예와도 관련된다. 그러므로 이들은 개인적인 차원의 호소나 복수가 아니라 그것을 공적인 차원으로 확장시켜 잘잘못을 가리자고 한다. 이런 점 때문에 부사는 사건의 해결사보다는 처녀들의 죄가 없음을 사회적으로 공표하는 역할을 맡게 된다. 부사의 공표를 통해 처녀들의 명예는 물론 가문의 명예 역시 회복된다.

가문의 명예를 위해서 계모가 가해자로 등장하는 것은 자연스럽다. 계모는 가문의 구성원이 아니라 외부인으로 취급되었으니, 그렇다면 전처 딸들에 대한 모함, 그로 인한 가문의 명예 훼손은 외부인에 의한 행위이기 때문이다.

행복하지 않은 결말에 대한 불만

「장화홍련전」과 「김인향전」에서 원귀는 부사 앞에 나타나 억울한 사연을 하소연하고 해원을 시도하였다. 그 결과 누명을 쓴 처녀들은 누명을 벗게 되고 계모가 처벌을 받음으로써 복수에 성공하게 된다. 훼손되었던 가문의 명예 역시 다시 회복된다. 이로써 장화와 인향의 정절은 훼손되지 않은 것으로 판명되었다.

장화와 인향은 정절을 잃었다는 누명을 견딜 수 없어서 원귀가 되었다. 이들에게 정절은 목숨보다도 중요한 가치였다. 하소연의 대부분은 자신이 정절을 훼손하지 않았다는 것을 호소하는 데 할애되어 있다.

그런데 정절이 훼손되지 않았다는 것을 말하기 위해, 장화와 인향은 자신들이 어떻게 정절로 인해 죽게 되었는가를 드러낸다. 이들이 아버지의 명에 의해 죽어야 했던 것은 정절이 훼손되었다는 혐의 때문인데, 가부장은 딸이 누구와 부정한 행위를 했는지, 언제부터 그런 일이 발생했는지 등, 부정의 실체에 대해서는 별다른 관심을 보이지 않는다. 낙태를 했다는 증거물과 임신을 한 듯한 몸 상태에만 관심을 가질 뿐이다. 이들이 부정한 처녀라는 소문이 난다면 가문의 명예가 실추될 것이므로 가급적 빨리 죽이려 할 뿐이다.

이처럼 장화와 인향의 하소연을 통해 여성이 죽는 데는 정절이 훼손되었다는 혐의면 충분했음이 드러난다. 정절은 여성을 억압하고 폭력을 가한다. 장화와 인향은 자신들은 정절을 소중하게 여기고 있으며, 정절이 훼손되지 않았음을 증명하기 위해 어떻게 정절이 여성을 억압하는가를 자세히 설명한다. 이들의 하소연은 여성이 처한 현실을 적나라하게 보여주고 있다.

한편 죄 없는 처녀들이 원귀가 되어 등장한다는 것은 이들이 살아서는 자신에게 씌워진 누명을 절대로 벗을 수 없다는 것을 증명하는 것이기도 하다. 이들은 원귀가 되어서야 하소연을 하고 복수를 할 수 있었는데, 이들의 처참한 복수는 정절이 훼손되었다는 누명이 얼마나 억울한 것인지, 그리고 그 분노가 얼마나 강렬한 것인가를 알 수 있다. 그러므로 복수의 장면 역시 여성이 처한 상황을 드러낸다.

억울하게 죽은 여인들은 원귀로 출현함으로써 자신의 결백을 알리고 복수에 성공했다. 그러나 장화 자매와 인향 자매의 원한이 모두 풀린 것은 아니다. 그들은 젊은 나이에 죽었기 때문이다. 평균적으로 기대할 수 있는 수명은 이들에게 허용되지 않았고, 죽은 사람이 다시 살아난다는 것은 불가능했기에 이들의 억울함이 완전히 해소될 방안은 없다.

「장화홍련전」의 초기 이본은 해원이 이뤄지고 난 이후 장화와 홍련이 부사에게 감사의 인사를 드리면서 부사가 앞으로 승차할 것을 예언하는 것으로 끝나거나, 저승으로 가면서 아버지의 꿈에 나타나 인사를 드리는 장면 등으로 끝났다. 모두 장화와 홍련의 해원 이후 저승으로 간다는 점에서는 동일한 결말이다.

그러나 저승으로 가는 결말에 대하여 독자들 역시 불만이었던 듯하다. 다른 이본들에서는 이러한 결말이 아닌 다른 형태, 즉 재생담이 첨가되는 방식으로 서사가 이어진다. 재생담은 복수로 끝나는 것에 부족함을 느낀 독자들이 나름의 해결책을 제시한 부분이다. 복수는 장화와 홍련의 억울함을 해소해주긴 했지만, 그들의 행복을 보장하는 것은 아니기 때문이다.

「장화홍련전」의 한 이본인 가람본의 경우에는 장화와 홍련이 다시 살아나 부사와 혼인하는 것으로 마무리된다. 적은 지면에서 부사의 영화로움을 설명하는 부분이 대부분이고 장화와 홍련의 삶은 아주 간략하게 기술되어 있다. 부사와 혼인한 장화와 홍련에 대해서는 왕으로부터 직첩을 받는 장면과 각각이 낳은 자녀에 대한 간단한 서술만이 있을 뿐이다. 이러한 가람본의 결말 처리는 불행한 삶으로 점철되었던 장화와 홍련에게 보상을 해주어야 한다는 독자들의 기대를 충분히 충족시켜주지 못했던 것으로 보인다.

아버지와의 미진한 인연을 잇기 위하여

가람본의 부족함은 방각본 계열의 이본에서 해소되는 듯하다. 방각본은 목판으로 인쇄되어 상품으로 팔렸던 이본을 말하는데, 이것은 「장화홍련전」이 상품이 될 만큼 인기가 많았다는 것을 의미하며, 많은 사람들이 읽었다는 사실 역시 증명한다. 방각본 계열의 이본에서는 재생한 장화와 홍련에 대하여 비교적 상세하게 다루고 있는데, 그 재생 방법부터가 매우 독특하다.

> "소녀 팔자 기구하여 어머니를 일찍 여의고 전생에 업으로 계모를 만나 마침내 억울한 누명을 씻고 아버지 슬하에서 이별하니 원통함을 이기지 못하겠습니다. 그래서 이 사정을 상제께 말씀드리니 상제께서 통촉하시어 말씀하시길, "너희들의 사정이 불쌍하나 너희들의 팔자를 누구에게 원망하겠느냐? 그러나 너의 아버지와 세상의 인연이 미진하였으니 다시 세상에 나가 부녀의 관계를 맺어 서로 원한을 풀거라." 하시니, 그 의향을 알지 못하겠습니다."

모든 원한이 풀린 이후 장화와 홍련은 위의 인용문에서처럼 세 번째 장가를 든 배 좌수의 꿈에 나타나 다시 부녀의 인연이 이어질 것임을 알려준다. 이때 장화와 홍련은 다시 계모를 만나서 정절을 잃었다는 누명을 쓰고 죽었다는 사실을 언급한다. 비록 전생의 업으로 인해 계모를 만났다는 수사가 붙어 있기는 하지만, 계모 때문에 자신들이 억울한 누명을 쓰고 아버지와 이별한 것이 지극히 원통하다고 말한다. 아버지와의 이별은 결국 계모 때문으로, 계모는 혈연관계가 아니었기 때문에 자기 자식만을 아끼고 장화와 홍련이 죽었다는 것을 강조한다. 그것이 억울하여 상제에게 고하자 상제는 장화와 홍련의 팔자여서 누구를 탓할 것은 아니지만, 아버지와의 미진한 인연을 마저 이어 원통함을 풀도록 한다.

이후 장화와 홍련은 배 좌수의 세 번째 부인인 윤씨의 몸에서 쌍둥이로 태어나는데, 이를 통해 장화와 홍련은 아버지인 배 좌수와의 인연을 이어가게 된다. 앞서 살펴보았던 「하생기우전」을 비롯하여 죽은 자들이 다시 생명을 얻는 방법은 죽어 있던 신체가 다시 생명을 얻는 것이다. 주인공의 삶은 비록 억울한 죽음으로 인해 정지되었지만, 억울함이 풀린 이후에는 다시 생명을 얻어 그 삶이 이어지는 것으로 서술되는 것이 일반적이다. 가람본의 경우에도 이러한 일반적인 예를 따르고 있다. 그런데 방각본 계열의 「장화홍련전」에서 장화와 홍련은 이러한 방법을 따르지 않는다. 아버지가 세 번째로 장가든 부인인 윤씨의 몸에서 다시 태어난다.

배 좌수는 삼취한 부인이 낳은 쌍둥이가 꿈에 나타난 장화와 홍련임을 확신하고 이들에게 장화와 홍련이라는 이름을 붙여준다. 이로써 죽었던 장화·홍련과 새로 태어난 장화·홍련은 동일한 인물임이 선언된다. 그렇다면 왜 이렇게 복잡한 방식을 선택하는가?

앞서 장화와 홍련은 혈연관계가 아니었던 계모를 집안에 들였기 때문에 죽었다. 그런데 장화와 홍련은 아버지와의 미진한 인연을 이어가야 하므로 가정으로 다시 돌아가야만 하는 처지였다. 그러므로 다시 집안의 분란을 일으키지 않으려면 계모라는 존재가 없어야 했다. 그러자면 장화와 홍련은 다른 작품들에서처럼 정지된 삶을 이어가는 방법으로 재생을 해서는 안 되는 상황이었다. 이때 선택한 방법이 바로 아버지의 세 번째 부인에게서 쌍둥이로 태어나는 것이었다. 이러한 방법으로 장화와 홍련은 계모 없이 아버지와의 인연을 이어나갈 수 있게 된다. 이렇게 친부모와 자녀로 구성된 '정상 가족'이 탄생한다.

그러므로 장화와 홍련이 재생하는 과정은 그 자체가 계모에 대한 편견의 반복이며, 혈연관계로 맺어진 가족만이 진정한 가족이고 불상사가 생기지 않는다는 메시지의 반복이라 할 수 있다.

이후 장화와 홍련은 평양의 향족인 이씨 집안의 윤필과 윤석 형제에게 시집을 가서 행복한 삶을 누리는 것을 끝을 맺는다. 화목한 가정의 쌍둥이 딸로 태어나 훌륭한 남편을 만나서 자식을 낳고 살다가 한날 같이 죽는 이 자매의 삶은 행복으로 귀결된다. 재생담은 새로 태어난 장화와 홍련이 계모를 만나 고난을 겪었던 것과는 정반대의 삶을 보여주며, 이것이야말로 이들 자매가 살아가야 했던 당위의 삶이라고 말한다. 그러면서도 "신부가 시댁에 머물러 효도하고 자매 돌아가며 한 달에 보름은 친정에 있어 부모를 봉양하니"라고 서술함으로써 아버지와의 관계가 혼인 이후에도 지속적으로 친밀하게 유지되고 있음을 드러낸다.

인향의 남편감 찾기

　「김인향전」은 「장화홍련전」과는 다른 방향에서 재생이 이루어진다. 인향은 정지된 삶이 다시 '재생'되는 방식으로 나타난다. 「장화홍련전」과 달리 「김인향전」에서 인향이 아버지와의 인연을 계속해서 잇지 않아도 되는 이유는 그렇게 인연을 이어나갈 아버지가 존재하지 않았기 때문이다. 인향의 아버지는 인향과 그녀의 동생인 인함이 물에 빠져 죽자 그 죄책감에 병을 얻어 죽는다. 그러므로 인향은 다시 살아난다 해도 인연을 이어갈 아버지가 없다. 애초에 아버지가 존재하지 않으므로 계모도 존재하지 않는다. 그러므로 인향과 인함의 관심사는 장화와 홍련이 아버지와의 미진한 인연을 잇는 것과 다른 방향에서 드러난다.

　「장화홍련전」에서 두 자매의 환생은 상제의 명에 의해 가능했다. 이것은 장화와 홍련이 상제에게 호소한 결과였다. 「김인향전」에서 자매의 재생은 인향의 정혼자인 유성윤에 의해 이뤄진다.

　　"한림은 나를 모르십니까? 첩은 다른 사람이 아니라 심천동에서 죽은 인향의 혼백입니다. 가련한 혼백이 의지할 곳도 없고 위로해줄 사람도 없어 슬픔을 이기지 못하였습니다. 그런데 한림께서 축문까지 읽어주시고 원혼을 위로하여주시니 귀신이라도 어찌 그 은혜를 모르겠습니까? 제문에 죽은 귀신이라도 한림 댁 귀신이라 하시오니 그 은혜를 어찌 다 헤아리겠습니까? 하해와 같은 은혜를 입어 첩이 전생의 죄 중하여 일찍 모친을 이별하고 계모에게 누명을 억울하게 쓰고 죽어 철천지한을 씻을 길이 없더니, 명찰하신 성주님을 만나 원수를 갚고 또한 한림이 금의환향하여 원혼을 위로하여주시니 이제는 한이 없습니다. 한림은 저를 재생코자 하시거든 하늘께 축수하여 금생 연분을 이루게 하옵소서. 첩의 모친은 옥황상제께 상소하였고 첩은 염라대왕께 발원하였으니 한림은 진심으로 하옵소서."

장원급제를 하여 한림의 벼슬을 제수받고 정혼자와 혼인을 하기 위해 집으로 돌아온 유 한림은 인향이 죽었다는 소식을 듣고 그녀를 위해 제사를 지낸다. 그러자 한림의 꿈에 나타난 인향은 위의 인용문과 같은 말을 남기고 사라진다. 비록 정혼을 했다고는 하지만 얼굴도 한 번 보지 못한 자신을 위해 제문을 지어주었으니 한림의 처사가 은혜로운 것이라고 했다. 자신의 팔자가 기구하여 친모를 잃고 계모 때문에 애매한 누명을 썼다는 데서 다시 한 번 혈연 중심의 가정을 이상적으로 생각하고 있음을 드러낸다. 부사를 만나 원수를 갚고, 정혼자인 한림이 금의환향하여 자신을 위로해주었으니 더 이상 남은 한이 없다고는 하지만, 곧 다음 구절에 와서 다시 살아나고 싶은 자신의 본심을 드러낸다.

인향의 어머니는 옥황상제에게, 인향 자신은 염라대왕에게 자신이 재생할 수 있도록 빌고 있다고 하면서 한림에게도 진심으로 발원을 하라고 부탁한다. 자신과 어머니의 발원만으로는 부족하니 한림도 인향의 재생을 위해 노력하라는 의미이다. 그러므로 인향의 재생은 곧 한림의 정성에 달린 것이 된다. 인향은 억울함이 풀리고 복수를 하였으며 죽은 자신을 위해 제문까지 지어준 한림의 은혜까지 더한다면 더 이상 한이 없다고 했다. 하지만 인향은 다시 살아나고자 하는 욕망을 갖고 있었고, 그 욕망의 성취를 위해서 한림이 필요한 상황이었다. 그리고 자신이 재생한다면 한림과 인연을 이을 수 있음을 알려준다. 인향의 재생은 이제 한림의 손에 달렸다. 인향의 말은 매우 완곡하지만, 만약 자신이 재생하지 못한다면 그것은 한림의 정성이 부족해서인 것, 즉 한림의 책임으로 미루고 있다.

이것은 일종의 남편감 시험으로 볼 수 있는데, 배우자로서 적합한 인물인가를 판단하는 잣대로서 '정성'을 내세운 것이라 할 수 있다. 인향은 계모의 구박에 이어 계모가 꾸민 흉계로 인해 부정한 여자라는 모해를 받았으며, 그것을 간파하지 못한 가부장에 의해 죽게되었다. 그러므로 아버지를 잃은 인향에게는 믿을 수 있는 배우자가 필요하였고, 정혼자인 한림이 그러한 남편감인가를 확인하고 싶었던 것이다. 유 한림의 정성이 충분했던지 인향과 인함은 다시 살아날 수 있었다. 인향은 유 한림과 혼인을 하였고, 유 한림의 아버지 유공의 주선으로 인향의 오라비 인형과 여동생 인함 역시 각각 혼인을 하게 된다.

망모(亡母)에 의해 제시된 여성의 이상적인 삶

이처럼 「김인향전」의 관심사는 아버지와의 유대에 초점이 맞춰진 「장화홍련전」과는 달리 배우자를 맞이하는 것에 무게중심을 두고 있다. 그리고 이러한 이들의 삶은 친어머니의 유언 속에서 이미 예언되어 있다.

> "첩이 전생에 죄가 무거워 이제 수명이 얼마 남지 않았습니다. 죽기는 서럽지 않으나, 저 어린 자매를 부탁할 곳이 없으니 지하에 가도 눈을 감지 못할 것입니다. 슬픕니다. 유한한 삶으로 인해 저승으로 돌아가거니와 외로운 혼백이 바라는 바는 다른 뜻이 없고, 첩이 죽은 후에 반드시 후처를 얻을 것이니 낭군의 마음이 자연 변할 것이며 그것을 두려워합니다. 바라건대 낭군은 첩의 유언을 저버리지 마시고 두 어린 딸을 어여삐 여겨 거두어 길러 같은 가문에 혼인시켜 봉황의 땅에 놀게 하시면 첩이 어두운 가운데서도 낭군의 은덕을 감축하여 풀을 맺어 갚겠습니다."

위의 인용문은 「장화홍련전」에서 장화와 홍련의 친어머니가 죽음에 이르러 자매의 아버지 배 좌수에게 남긴 유언이다. 여기서 장화와 홍련의 친어머니는 자매를 부탁할 곳이 없어 슬프다고 하면서, 자신이 죽으면 배 좌수가 재혼을 할 것이며, 새로운 여자에 마음이 움직여 자신의 딸들을 돌보지 않을 것을 걱정한다. 양반가의 남성이, 더구나 후사가 없는 배 좌수가 혼자 살 리가 없다는 점에서 망처(亡妻)의 걱정은 당연한 것으로 보인다. 또한 후사를 돌보기 위해서는 자식을 생산하기에 유리한 젊은 여성과 혼인할 것이며, 젊고 예쁜 여자가 아들이라도 낳는다면 딸에 대한 사랑이 식지는 않을까 하는 추측은 역시 어린 자매를 두고 떠나는 어미가 가질 만한 걱정이다.

이러한 걱정들을 늘어놓은 후 장화와 홍련의 친어머니가 배 좌수에게 부탁하는 것은 두 가지이다. 하나는 두 딸을 어여쁘게 여겨 길러달라는 것, 다른 하나는 같은 가문에 혼인시키라는 것이다. 두 딸을 어여쁘게 여기고 길러달라는 것은 어미 된 자의 당연한 부탁이며, 같은 가문에 혼인시켜달라는 것은 둘이 의지하며 살 수 있게 조처해달라는 것으로 이해할 수 있다.

그리고 이 유언은 현실이 된다. 배 좌수는 후사를 돌보지 않을 수 없어서 후처를 맞이하게 되지만, 후처가 낳은 아들들까지 모두 배 좌수의 사랑을 받지 못한다. 오로지 장화와 홍련만이 배 좌수의 사랑을 독차지한다. 그런데 계모의 흉계로 인해 장화는 누명을 쓰고 죽고, 홍련은 제 언니를 따라 자살한다. 이로써 망모(亡母)의 유언은 실현이 불가능하게 되었다. 그러나 해원 이후 장화와 홍련은 재생을 하고 같은 집안에 시집을 감으로써 불가능했던 유언은 현실이 된다.

"부디 제가 죽은 후에 어진 사람을 얻어 가사를 맡기고 자식들을 불쌍하게 생각하시어 착하게 길러 출가시켜주시기만을 바랍니다. 또 자고로 계모와 전실 자식 사이가 좋지 못해 가정의 나쁜 일이 많으니 낭군은 깊이 새기십시오. 첩이 부탁하는 말을 잊지 마십시오. 세상에 어린 자식을 두고 죽는 사람이 저뿐은 아니지만, 자고로 효자가 화를 만나기 쉬운 것이요, 절개 있는 신하가 이름과 생명을 보전하기 어려운 것이니, 순 임금은 큰 효자이지만 계모에게 화를 당하였고, 또한 윤맹기도 효자인데 계모의 화를 당하였으니, 우리 인향 남매 지극한 효성이로되 필시 큰 화를 당할 것입니다. 만일 나 죽은 후에 그런 화를 당하면 어찌하며 누가 거두어줄까요? 죽은 혼백이라 차마 눈을 못 감을 것입니다."

위의 인용문은 「김인향전」에서 인향의 친모가 죽기 전에 인향의 아버지에게 유언을 남기는 장면이다. 여기에서는 계모와의 불화가 「장화홍련전」보다 좀 더 강조되고 있기는 하지만, 자식들을 잘 길러 혼인을 시켜달라는 부탁은 「장화홍련전」과 동일하다. 그리고 이 부탁은 두 딸이 죽은 이후 김 좌수가 병들어 죽음으로써 불가능하게 된 것처럼 보였다. 그러나 인향의 정혼자인 유 한림의 아버지 유공이 인형과 인함 모두를 혼인시킴으로써 이 유언은 실현된다.

이 유언을 좀 더 들여다보면 계모와의 갈등 역시 예견되어 있음을 확인할 수 있다. 「장화홍련전」의 경우에도 비록 배 좌수의 마음이 변하여 장화와 홍련이 불행해진 것은 아니지만, 후처를 맞이하고 그로 인해 갈등이 생길 것임은 예견되어 있다. 그러므로 원귀가 되는 처녀의 친어머니의 유언은 작품의 갈등을 이미 예견하고 있는 것이라 할 수 있다. 그리고 이들의 바람, 즉 자식들을 혼인시키는 것은 재생담을 통해 실현되고 있는바, 이것은 친어머니의 소망인 동시에 독자들의 요구로 이해할 수 있다.

「장화홍련전」과 「김인향전」의 주인공들은 모두 친어머니를 잃은 처녀들이다. 이들은 계모로 인해 정절을 잃었다는 누명을 쓰고 죽게 되었는데, 모두 혼인 직전에 이러한 일을 당한다는 공통점을 갖고 있다. 이들의 이상적인 삶은 친모의 유언에서 확인되는 바, 부모의 사랑을 받다가 좋은 배필을 만나 혼인하는 것이었다. 그러나 친모가 일

제3장 가부장체에 희생된 여인들, 때에 희부과 부수를 꿈꾸다

137

찍 죽고 계모를 만나게 됨으로써 그러한 삶은 누릴 수가 없게 되었다. 정절을 의심받은 처녀들은 원귀가 되어 하소연을 하고 해원을 이룸으로써 누명을 벗고 재생을 통해 행복한 삶을 이룩하게 된다. 그렇다면 친모의 유언은 작품의 갈등을 예견함과 동시에 처녀들이 마땅히 누려야 할 이상적인 삶을 제시한 것이며, 재생담의 역할은 이 이상적인 삶을 구현하는 기능을 한다고 볼 수 있다.

그렇다면 「장화홍련전」과 「김인향전」은 여성이 정절에 의해 억압되는 현실을 폭로함과 동시에 이상적인 여성의 삶을 제시하고 있는 작품이라 할 수 있다.

남편의 판단에 달린 목숨

「정을선전」의 유추연

추연의 억울한 죽음

「정을선전(鄭乙善傳)」은 계모의 이야기와 아내들의 갈등을 다룬 이야기가 결합된 형태의 소설이다. 전반부에는 여주인공인 유추연이 계모의 모해를 받아 혼인 첫날밤 남편에게 버림받는 장면이 주요한 사건으로 제시된다. 이후 원귀가 된 추연이 신원되어 다시 살아나는 것으로 사건이 마무리된다. 후반부에서는 회생한 추연이 남성 주인 공인 정을선의 부인이 되어 조왕의 딸이자 을선의 다른 부인인 정렬 부인과 빚는 갈등을 그리고 있다. 남성 주인공인 정을선의 이름을 제 목으로 삼고 있어 정을선의 이야기가 주요한 서사인 것 같지만, 실제 로는 여성 주인공인 유추연이 겪는 고난을 주요한 내용으로 삼고 있 어서 정을선의 이야기라기보다는 유추연의 이야기로 보는 것이 적합 해 보인다.

「정을선전」에서 주목되는 부분은 원귀가 등장하는 전반부의 서사이다. 추연은 계모의 흉계로 인해 정절을 잃은 처녀로 오해를 받게 되는데, 이러한 이유로 을선은 신혼 첫날밤에 신부인 추연을 버리고 집으로 돌아가버린다. 이에 억울함을 풀 수 없었던 추연은 혈서를 남기고 죽는다. 추연은 「장화홍련전」이나 「김인향전」의 여성 주인공과 마찬가지로 정절이 훼손되었다는 누명으로 인해 원귀가 된다.

후반부의 서사, 즉 충렬부인이 된 추연과 정렬부인의 갈등에서도 정절은 정렬부인이 추연을 모함하는 장치로 활용된다. 그러나 작품의 전반부에서 원귀가 되어 사건이 해결된 것과는 달리 추연은 시비들의 도움으로 간신히 목숨을 건지게 된다. 위험에 빠지는 것은 동일한 원인에 의해서이지만, 그것을 해결하는 방식은 다르다. 이러한 차이는 원귀의 기능을 보다 분명하게 보여줄 것으로 기대된다. 구체적으로 작품을 살펴가면서 「정을선전」의 원귀가 어떤 모습으로 등장하는지, 그 의미는 무엇인지를 살펴보도록 하겠다.

승상이 시신을 수습하지 못하고 종일 울었다. 이때 유모가 추연의 혈서를 쓴 적삼을 내어 보이니, 대개 유모에게 쓴 글이라.

"추연은 삼가 글을 유모에게 쓰노라. 내 세상에 난 지 3일 만에 모친과 이별하고 어찌 살기를 바라리오마는 유모의 은혜를 입어 목숨을 보전하여 15세에 이르러 정을선과 정혼하니 나의 팔자 갈수록 무상하다. 귀신의 장난을 만나 청춘이 원혼이 되니 한스러워 부질없다. 천만의외로 신방의 화촉이 밝힌 깊은 밤에 어떤 사람이 큰 칼을 들고 이러저러하여 정랑이 어찌 의심치 않겠는가? 나를 죽이려 하다가 멈추고 나가니, 내 무슨 면목으로 아버지와 유모를 보며, 세상에 있을 마음이 있겠는가? 슬프다. 외로운 혼백이 무주공산에 임자 없는 귀신이 되겠구나. 죽는 내 몸을 점점이 풀 위에 얹어 까마귀와 까치의 밥이 되면 이것이 내 바라는 바요, 비단옷으로 안장하는 것으로는 혼백의 한을 풀지 못할 것이다. 유모의 은혜를 만분의 일이라도 갚지 못하고 누명을 쓰고 죽으니 원한이 넘치는구나. 지하에 돌아가 모친 혼령을 뵈오며 나의 억울한 악명을 고할까 한다."

「정을선전」에서는 앞선 「장화홍련전」이나 「김인향전」과는 달리 직접 하소연하는 방식이 아니라 간접적인 방식을 사용한다. 부정한 여자라는 오명을 쓴 추연은 적삼에 혈서를 남기고 죽는데, 이 적삼의 내용이 위의 인용문이자 추연의 하소연이다. 적삼에 남긴 내용이 대개 유모에게 남긴 것이라는 것은 자신의 결백을 믿어줄 만한 사람은 유모밖에 없다는 표현이다. 정절이 훼손되었다는 누명은 벗기 어려웠다. 다만 추연은 출생한 지 3일 만에 친모를 잃고 유모의 손에 자랐으며 계모가 자신을 독살하려 했던 것을 알고 있었던 유모만은 자신의 결백을 믿어줄 것이라고 생각했기에 계모에게 당했던 억울함을 호소했던 것이다. 그리고 유모가 추연의 적삼을 추연의 아버지에게 전달함으로써 추연의 하소연은 아버지에게도 전달된다.

추연의 하소연, 즉 원귀가 된 이유는 혼인 첫날밤의 일 때문이다. 계모는 추연이 혼인 이전에 정을 통한 남자가 있는 것처럼 꾸몄고, 이에 속은 을선은 추연을 버리고 가버린다. 추연은 깊은 밤의 일은 을선이 오해할 만한 일이라고 하면서 부친과 유모에게도 면목이 없어 죽고 싶다고 했다. 정절을 의심받았기 때문이다. 그러나 이 의심은 사실이 아니기에 억울하며, 죽어서 돌아가신 어머니에게 고하겠다고 했다. 사건의 대략적인 경과와 억울한 내용은 담고 있지만, 해원의 방법에 대해서는 서술되어 있지 않다. 이것은 위의 인용문이 추연이 죽기 이전의 것이었기 때문에 그런 것으로 보인다. 추연은 착한 마음씨의 소유자이며, 유교적 이념에 따라 행동한다는 점이 잘 드러나 있다. 이러한 점은 작품 후반부에서 충렬부인이자 을선의 첫 번째 부인이 된 추연이 정렬부인의 모함을 받아 죽게 되자 억울함을 호소하고자 을선에게 보낸 편지에도 잘 나타나 있다.

원귀가 된 추연의 폭력성

억울하게 죽음을 맞게 된 추연은 원귀가 된 이후에는 전혀 다른 모습을 보여준다. 추연은 억울하게 죽기 이전에는 순종적인 여성으로 묘사되었다. 그러나 억울함으로 인해 슬피 울다가 결국 절명하게 된 추연의 시신을 수습하기 위해 사람들이 추연의 빈소에 이르자 "바람이 으스스해 들어갈 수가 없었다. 이후로는 소저의 빈소 근처에 가면 연달아 죽"었다. 아무도 시신에 접근할 수 없는 것은 물론, 빈소 근처에만 가도 죽는다. 원귀가 된 추연은 매우 폭력적인 모습으로 변한다. 죽기 이전의 착하던 모습과는 전혀 다르다.

"아버지는 애매한 시비를 고문하지 마세요. 소녀의 억울한 누명은 자연히 알 것입니다."

하더니 홀연 방 안에 앉았던 노씨 문 밖에 나와 엎어지더니 안
개 자욱하고 무슨 소리가 나더니 노씨가 피를 많이 토하고 죽었
다. 모두가 말하기를 불측한 행실을 하다가 이렇게 죽으니, 하늘
이 무심치 않다고 하였다. 불쌍한 소저는 이팔청춘에 몹쓸 악명
을 쓰고 죽으니 철천지한을 누가 씻어주리오? 노태는 그 모습을
보고 스스로 목을 매고 노씨 자녀는 그날부터 말도 못하고 인생을
버렸더라.

　한편 소저를 염하려고 방문을 여니 사나운 기운이 일어나 사람
에게 쏘이면 죽는지라, 감히 다시 가까이 가지도 못하더니 홀연
소저의 곡성이 일어나 근처 사람들이 그 소리를 들은즉 연달아 죽
는지라. 한 마을의 사람들이 거의 죽게 되었으니, 승상이 어찌 홀
로 살겠는가? 이로 인해 병이 들어 죽으니 유모 부부 통곡하며 선
산에 안장하였다. 이후로 마을 사람들이 점점 죽거나 흩어져 마
을이 비었으나 오직 유모 부부만 나가려 하면 소저의 혼이 나가지
못하게 하고 밤마다 울며 유모의 집에 와 있다가 달이 기울면 침
소로 돌아갔다.

　위의 인용문은 추연이 원귀로서 모습을 드러낸 이후의 상황들을
나타내고 있다. 추연의 모해와 죽음에 의혹을 품고 있던 추연의 아버
지가 계모의 시비를 엄히 문책하려 하자 원귀가 된 추연이 나타난다.
그러자 추연을 죽게 만든 계모 노씨는 피를 토하고 죽고, 계모 노씨
의 사주를 받아 흉계에 가담한 노태는 그 형상을 보고 목을 매 자살

한다. 계모의 자식들은 말을 못 하게 되어 사람 구실을 하지 못하게 된다. 이로써 철저한 복수가 이뤄진다. 이러한 복수의 과정은 추연의 아버지가 사건의 진상을 밝히기 위해 시비들을 심문하던 과정이었기에 공적인 성격이 전혀 없다고 볼 수는 없다. 그러나 「장화홍련전」이나 「김인향전」에 비하면 공적인 성격이 약화되고 개인적인 복수에 치우친 경향을 보인다.

그런데 계모에 대한 복수가 끝난 이후에도 추연의 폭력은 외려 더 확대된다. 「장화홍련전」에서도 장화의 억울한 죽음 이후 원귀가 되자 마을이 폐읍이 되었지만, 그것은 고을을 다스릴 수령의 부재로 인한 것이었다. 장화와 홍련이 직접적인 위해를 가한 것은 아니었다. 장화와 홍련의 등장으로 인해 죽은 사람도 없었고, 죽어나간 부사들 역시 장화와 홍련이 하소연하기 위해 찾아갔던 것이지, 죽일 의도로 접근했던 것은 아니다. 이것은 「김인향전」 역시 마찬가지이다.

반면 「정을선전」에서는 추연의 시신을 수습하러 들어간 사람들은 사나운 기운에 죽게 됨은 물론, 추연의 곡성을 듣는 것만으로도 죽는다. 이리하여 사람들이 흩어져 마을이 비게 되는데, 이것은 「장화홍련전」과 「김인향전」에서 고을을 다스릴 수령의 부재로 인한 폐읍과는 전혀 다른 양상이다. 「정을선전」의 추연은 직접 고을 사람들에게 무차별적으로 폭력을 가하고 있다. 오직 유모 부부만이 살아남으며, 원귀는 유모 부부가 다른 곳으로 가지 못하도록 막고 매일 밤마다 와서 울고 감으로써 자신의 한이 풀리지 않았다는 것을 드러낸다.

마을 사람들이 모두 원귀가 된 추연에 의해 죽었다는 것은 일차적으로 억울함과 분노의 표현이다. 사무친 한을 폭력으로 풀어내는 데서 죽기 이전의 착하기만 했던 추연의 모습과는 정반대이다. 죽기 이전 추연은 자신에게 닥친 불행에 무기력한 모습을 보이다가 죽는 다. 이것은 추연이라는 인물의 성격 탓도 있겠지만, 당대 여성에게 강요된 여성다움이 추연을 침묵하게 했다고 봐야 할 것이다. 그러나 원귀가 된 이후 추연은 이런 모습과는 정반대로 자신이 마음에 품고 있던 말과 행동을 거리낌 없이 하면서 무차별적인 복수를 하고 있다. 추연은 원귀가 됨으로써 살아 있던 때와는 달리 거침없는 말과 행동 을 하고 폭력을 행사한다.

한편 사건에 직접 관련이 있는 계모와 노태뿐 아니라 마을의 모 든 사람들이 죽었다는 것은 마을의 다른 사람들에게도 추연의 죽음 에 책임이 있다는 것을 의미한다. 처녀가 바람이 났다는 소문만으로 도 죽을 수 있었던 것은 주변 사람들의 시선 때문이다. 추잡한 소문 을 낸 당사자가 주범이라면 그 소문을 옮기거나 믿고 있는 사람들은 공범이다. 이 공범들이 죽었다는 것은 공범들 역시 사건에 책임이 있 다는 것, 처벌의 대상이 되어야 한다는 것을 의미한다. 다만 젖먹이 때부터 자신을 키워준 유모 부부는 추연이 유일하게 믿는 사람들이 며 공범이 아니기 때문에 죽지 않는다. 이후 유모는 추연을 대신하여 외부와의 소통을 담당한다.

계모를 비롯한 마을 사람들을 모두 죽게 만들고도 여전히 슬퍼하 고 있다면 이것은 해원이 모두 이뤄지지 않았음을 의미한다. 계모와 마을 사람들뿐 아니라 죽음에 책임이 있는 사람에 대한 복수가 아직 이뤄지지 않았다는 것인데, 그것은 바로 첫날밤 계모의 흉계에 빠져 추연을 버리고 간 을선 때문이다.

상사병에서 의처증으로

애초에 이 혼인이 이루어진 것은 을선이 추연을 보고 한눈에 반했기 때문이다. 마치 「춘향전(春香傳)」의 이 도령이 그네를 타고 있던 춘향에게 반했듯, 후원에서 그네를 타던 추연을 본 을선은 심신이 산란해질 정도로 추연의 모습에 빠지게 된다.

> 을선이 이 거동을 보고 정신이 산란하여 날이 저물도록 그곳에서 배회하다가 외당으로 들어왔다. 낭자의 고운 태도가 눈에 아른거리고 맑은 음성이 귀에 쟁쟁하여 혼이 흩어져 장부의 간장이 다 녹는 듯했다. 적막한 방 안에 등촉으로 벗을 삼아 홀로 앉아 생각하니 세상 만물이 다 짝이 있는데, 나 혼자 짝이 없어 항상 근심하더니, 우연히 유 상서 집 후원에 이르렀다가 백옥 같은 사람에 마음이 놀랐다. 깊이 생각하여 밤이 새도록 잠을 이루지 못하여 미친 듯도 하고 취한 듯도 하니 눈에 보이는 것은 모두 다 유 소저의 모양이라. 이러므로 불과 5, 6일 사이에 몰골이 초췌하고 그렇게 흔하던 잠도 없더라. 이튿날 승상께서 길을 떠나 집으로 갈 때 을선이 마지못해 아버지를 모시고 돌아왔으나 만사가 무심하여 학업을 전폐하였다. 나날이 유 소저 생각에 병이 되어 죽을 지경에 이르렀다.

위의 인용문은 추연에게 반한 을선의 모습을 묘사하고 있다. 한 번 추연을 보게 된 을선은 추연에게 반해 그 모습과 음성이 떠나지 않았으니, 추연의 모습이 떠올라 잠도 자지 못할 지경에 이른다. 이러기를 며칠이 지나자 그 모습이 초췌해지고, 결국 학업을 전폐하고 상사병에 걸려 죽을 지경에 이르게 된다. 마치 「이생규장전」의 최랑이 나타나지 않는 이생이 보고 싶어 상사병에 걸렸던 모습을 보는 듯하다. 그러자 최랑의 아버지가 그랬던 것처럼 을선의 아버지는 사연을 파악하고 추연의 집안에 혼사를 타진함으로써 둘의 혼인은 이뤄지게 되면서 을선의 병은 씻은 듯 낫게 된다. 심지어 장원급제를 한 이후 조왕이 을선을 사위로 삼으려 하자 거절하는데, 이것은 정혼자 추연 때문이었다.

이처럼 을선은 추연을 깊이 사랑하고 원하였다. 그러므로 추연의 부정을 참을 수 없었을 것이다. 그러나 을선은 적강한 남해 용왕의 아들로 묘사되며, 어릴 때부터 남다른 모습으로 영웅이 될 것이 분명한 재목이었다는 점에서 쉽게 흉계에 넘어갈 만한 인물은 아니었다. 그런 을선이 쉽게 흉계에 넘어갔다는 설정은 아무리 뛰어난 인물이라 해도 여성의 정절이 훼손되었다는 음모에는 별다른 관심을 보이지 않는다는 것을 나타낸다. 사건의 진상을 명확하게 알기 위해서는 밖에서 장검을 들고 소리를 지른 간부를 잡아야 하겠지만, 을선은 그럴 생각이 없었다. 일단 그러한 정황이 만들어지자 을선은 추연을 죽이려 하였고, 사건의 진상을 밝힐 생각은 하지 않고 자신의 집으로 가버렸다. 남편인 을선이 추연의 결백을 믿어주지 않았기에 추연은 결국 죽을 수밖에 없었다. 이는 곧 처녀가 정절과 관련된 소문에서 벗어나기 어려운 정황을 보여주는 것이기도 하다.

이처럼 일단 부정한 여성이라는 소문이 나기만 하면 여성은 꼼짝

없이 누명을 뒤집어쓸 수밖에 없다. 앞서 살펴보았던 「은애전」의 은애가 자신이 부정하다고 소문을 낸 퇴기를 죽일 수밖에 없었던 것은 누명을 벗기 위한 방법이 없었기 때문이다. 아무리 결백을 주장하여도 아무도 믿어주지 않으니 아무런 혐의 없이도 은애는 부정한 여인이 되었다. 마찬가지로 추연 역시 부정한 행위를 하지 않았음에도 일단 부정한 여인이라는 정황이 만들어지자 정절이 훼손된 여인으로 낙인 찍히고 말았다. 추연이 할 수 있는 일은 혈서로 자신의 억울함을 호소하는 정도뿐이었다. 그러나 이 역시 아무런 영향이 없는 것으로, 결국 원귀라는 초자연적인 존재가 되어서야 억울한 누명을 호소하고 복수할 수 있었다. 하지만 여전히 을선에 대한 원한이 풀리지 않았기에 원귀의 상태를 벗어나지 못했다.

그러므로 「정을선전」에서 추연의 원한은 자신을 부정한 여인으로 만든 계모를 비롯한 여러 사람들로 인한 것이었으나, 그에 못지않게 남편인 을선이 자신에게 전혀 믿음을 주지 않는다는 데서 발생한 것으로 이해할 수 있다.

역전된 부부 관계

"생이 곧 정을선이니 나의 부족함으로 부인이 누명을 쓰고 저렇게 원혼이 되었으니 그 애달픈 말씀을 어찌 다 헤아리겠습니까? 을선이 황제의 명을 받아 이곳에 와서 부인의 억울함을 깨달았으니 백골이나 보고 이곳에서 함께 죽어 부인의 뼈에 새긴 원한을 위로하고자 합니다. 부인의 명백한 혼령은 용렬한 을선의 죄를 용서하시면 잠깐 뵙고 위로하고자 합니다."

위의 인용문은 을선이 익주를 안무하기 위해 내려왔다가 추연이 억울하게 죽은 것을 알고는 원귀가 된 추연에게 용서를 구하는 장면이다. 추연에 의해 마을이 황폐해져 백성들의 삶이 피폐해졌다는 익주자사의 장계가 당도하자 그것을 해결하기 위해 을선은 순무도어사가 되어 파견된다. 그리고 추연의 유모의 집을 찾은 을선은 추연의 사연을 듣게 된다. 적삼에 쓴 혈서까지 받아보고는 이에 자신의 잘못을 깨닫는다. 혈서와 죽음, 그리고 원귀라는 극단적인 상황에 이르러서야 남편은 아내의 억울함을 알게 된다. 이는 일반적인 상황에서 남편은 아내의 부정하다는 혐의에 쉽게 오해하고 아내를 저버린다는 것을 드러낸다. 즉, 정절을 의심받은 여성은 극단적인 상황에 이르러서야만 자신의 억울함을 하소연하고 억울함을 벗을 수 있다는 것인데, 이것은 정절 이데올로기가 여성을 억압하고 있음을 시사한다.

사연을 알게 된 을선은 자신의 잘못을 인정하고 추연을 '부인'으로 인정하며 용서를 구한다. 그러면서 자신 역시 목숨으로 그 한을 위로하겠다면서 추연의 방으로 들여보내달라고 애원한다. 첫날밤 아내의 정절을 의심하여 미련 없이 신방을 나가던 것과 정반대의 상황이 벌어지고 있다. 원귀가 되기 이전의 추연이 수동적으로 처분만을 기다리던 모습이었다면, 원귀가 된 추연은 용서를 애걸하는 을선의 청을 선택할 수 있는 위치에 있게 된다.

원귀가 된 추연은 "정 시랑이 이곳에 오시기 만무하니 어디서 괴이한 손님이 와서 원통하게 죽은 몸을 이렇게 조르느냐? 부질없이 조르지 말고 빨리 가라."라며 을선을 용서하기를 거부한다. 이것은 원귀가 된 추연의 원한의 크기를 보여주는 동시에 남편인 을선이 잘 못을 시인할 리 없다는 인식이며, 그것은 정절과 관련된 누명을 벗기 어렵다는 인식에서 비롯된 것이라 할 수 있다. 그러자 을선은 자사의 권위로써 추연의 방으로 들어가고자 하는데, 이마저도 쉽지 않다. 익 주자사를 불러 들어가고자 하나 남녀유별을 이유로 출입을 거부한 다. 이때 익주자사는 "소저 빈소 앞에 나아가 꿇어"서 출입의 허가를 요청한다. 「장화홍련전」과 「김인향전」에서와 마찬가지로 관리는 사 회적 가부장이며, 익주자사의 요청을 거부하는 것은 아버지의 명을 거부하는 것 이상의 불경이다. 그러나 원귀인 추연은 익주자사의 요 청을 거부하였는데, 익주자사의 권위로는 원귀가 된 추연의 한을 풀 수 없다는 것을 드러낸다.

결국 을선은 천자에게 상황을 보고하여 천자의 교지와 직첩을 받 고 난 이후에야 해결의 실마리를 얻게 된다. 천자는 추연에게 충렬부 인의 직첩을 내림과 동시에 다음과 같은 내용의 교지를 내린다.

아무리 유명이 다르나 아버지를 모르고 임금을 모르겠느냐? 교 지를 내려 너의 원혼을 깨닫게 하노라. 정을선의 상소를 보니 너 의 참혹한 말을 어찌 다 헤아리겠느냐? 너를 위해 조서를 내리니 짐의 뜻을 저버리지 말라. 만일 조서를 거역한다면 반역의 누명 을 면치 못하리라.

천자의 조서에서는 아무리 원귀라 해도 추연은 가부장의 권위를 따라야 한다고 했다. 그러면서 조서를 거역하면 명을 어긴 죄를 면치 못하는 것이라고도 했다. 추연에게 유교 질서를 지키라고 촉구하는 내용이다. 이것은 천자의 권위를 내세워 추연을 복종시키려는 의도이다. 일종의 겁박이라 할 수 있는데, 을선과 익주자사가 부탁의 형식을 취하고 있는 것과는 전혀 다른 양상이다.

또한 조서에서는 을선을 통해 사연을 듣고 직첩과 함께 친히 조서를 내린다고 했다. 충렬부인이라는 직첩을 천자가 내린 것은 추연의 결백을 천자가 인정해준 것이다. 천자는 유교 사회에서 가장 큰 권위를 갖는 인물인데, 그런 천자가 추연의 결백을 보증해준 것이다. 「장화홍련전」과 「김인향전」에서는 일차적으로 고을의 수령이 그들의 결백을 증명하고 임금이 그것을 확인해주는 절차를 거쳤다면, 「정을선전」에서는 직접 최종 결정권자에게 인정을 받는 것으로 그려진다. 결백을 인정받기 위해 원귀가 된 추연은 장화·홍련이나 인향·인함 자매와는 달리 반드시 공적인 통로를 통해서 이루려고 했던 것은 아니다. 그런 점에서 「정을선전」의 서사는 보다 개인적인 차원의 복수에 치우쳐 있다. 그러나 결과적으로 「장화홍련전」이나 「김인향전」과 동일하게 국가적인 승인을 통해 결백을 확인받는다.

천자의 교지를 받은 추연은 을선이 방에 들어오는 것을 허락하면서 "첩의 용납지 못할 죄를 용서하시고 먼길을 오시니 아무리 백골인들 어찌 감격하지 않겠습니까? 첩은 박명한 죄인으로 상공에 하해와 같은 은덕을 입어 외람되게 직첩을 받으니 어찌 은혜를 감사히 여기지 않겠습니까?"라며 원한이 풀린 것을 감격해한다. 문전박대를 하던 태도는 다시 얌전해져서 남편을 맞이하는 아내의 모습으로 바뀌어 있다. 남편인 을선이 용서를 구하였을 뿐 아니라 천자로부터 정숙한 여인임을 인정받은 것이므로 더 이상 원한은 남지 않게 되었다.

추연의 재생

「장화홍련전」이나 「김인향전」에서와 달리 「정을선전」에서 원귀가 된 추연은 하소연을 위해 부사 등 사회적인 가부장을 찾지 않는다. 폭력을 통해 많은 사람들이 죽게 되고, 이를 수습하러 내려온 을선이 사연을 알게 됨으로써 사건은 해결의 실마리를 얻게 된다. 추연의 하소연은 유모 부부가 대리하여 말하고 있으며, 이 말을 들은 을선이 자신의 잘못을 깨닫고 추연에게 용서를 구함으로써 사건을 해결하고자 한다. 그런데 추연은 을선을 남편으로 인정하지 않고 그를 용서하지 않음으로써 자신의 억울함의 강도를 드러낸다.

이때 사건은 천자의 교지와 직첩으로 해결된다. 사회적으로 가장 높은 지위에 있는 천자가 추연의 결백을 인정함으로써 추연의 억울함은 풀리게 된다. 「장화홍련전」이나 「김인향전」의 경우와 마찬가지로 사회적으로 정절이 훼손되지 않았음을 인정받음으로써 원한이 풀리게 되는 것이다. 그러나 장화·홍련 자매나 인향·인함 자매가 자신의 억울함을 풀기 위해 부사 앞에 나타나는 등 적극적으로 움직였던 것과 달리, 추연은 을선이 움직이도록 만든다. 을선의 사죄를 추연이 받아들이지 않으므로 을선은 추연의 마음을 돌리기 위해 익주

고전소설 속 여성 원귀

자사와 천자에게 차례로 자신과 추연 사이의 일을 고하게 된다. 이 과정에서 추연의 억울함은 을선뿐 아니라 익주자사와 천자까지도 알게 되며, 이것은 「장화홍련전」이나 「김인향전」에서 억울한 죽음을 맞게 된 자매가 하소연하는 과정을 대신하게 된다. 하소연은 추연이 아닌 을선을 통해 개진되는 양상이다. 이로써 추연의 결백은 사회적으로 알려지게 된다.

추연은 하소연보다는 남편인 을선의 태도를 돌리는 데 더욱 집중하고 있다. 죽음의 원인을 제공했던 계모는 원귀가 되자마자 죽게 되는데, 그럼에도 원한이 풀리지 않아 많은 사람들을 죽였다는 것은 원한이 계모에게만 있지 않음을 드러낸다. 자신을 믿지 않았던 남편인 을선의 책임 역시 물어야만 원한이 풀릴 수 있었기에 여전히 원귀로 남아 있게 된다. 첫날밤 자신을 오해하고 버리고 간 남편이 용서를 구하는데도 쉽게 받아들이지 않는 데서 원한의 깊이를 드러내지만, 또한 한편으로는 완전히 을선을 밀어내지 않는 데서 을선이 자신에게 충분히 용서를 빌기를 바라는 듯하다. 그러므로 추연은 자신의 치부를 드러내야 하는데도 익주자사와 천자에게 그간의 사정을 알린 을선을 받아들이게 된다. 원귀는 남편과 아내의 관계를 역전시켜 잘못을 바로잡는 기능을 수행하고 있다.

이후의 서사는 「장화홍련전」과 「김인향전」에서처럼 재생을 통해 끊어진 삶을 이어가는 것으로 구성된다. 이때 추연의 재생을 먼저 언급하는 것은 을선이다. 한눈에 반했던 여성이 부정하지 않다는 것을 확인하였으니 다시 함께 살고자 하는 욕망이 생긴 것이다. 그러자 기다렸다는 듯 추연은 자신이 다시 살아날 방도를 얘기한다.

"첩을 살리려 하시거든 금성산 옥윤동을 찾아가 금성진인을 보고 약을 구하여 오시면 첩이 다시 살아날 것이나 상공이 어찌 가 구하여 오심을 바라겠습니까?"

위의 인용문은 추연이 다시 살아날 방도를 묻는 을선의 질문에 대한 답이다. 추연은 금성산 옥윤동을 찾아가 금성진인에게 약을 얻어 오면 회생할 수 있다고 말한다. 그러면서 을선이 어찌 가서 구해 올 것이냐고 말한다. 이 말은 을선이 약을 구해 오기 어렵다는 것을 전제하고 있다. 달리 말하자면, 을선에게 자신을 위해 약을 구해 올 수 있겠냐고 묻는 것이다. 추연은 을선이 자신을 위해 수고를 아끼지 않는 믿을 만한 남편인가를 알아보려 한다.

이러한 장면은 「김인향전」에서 해원 이후의 인향이 유 한림에게 자신을 재생시키기 위해서는 정성을 다해야 한다고 했던 장면과 유사하다. 「김인향전」에서는 제사와 제문의 형식으로 드러났다면, 「정을선전」에서는 과제를 주고 그것을 해결할 수 있느냐로 정성을 가늠한다는 차이 정도만 있을 뿐이다.

「김인향전」의 유 한림과 마찬가지로 을선 역시 추연의 요구를 충실히 수행하고자 한다. 을선은 기쁜 마음으로 즉시 행장을 차려 추연의 유모 부부와 함께 옥윤동으로 떠나는데, 적극적으로 추연을 살리고자 하는 을선의 마음을 읽을 수 있다. 옥윤동에 도착한 을선은, 그러나 도관도 금성진인도 찾을 수가 없었다. 그가 찾은 것이라고는 묘당 앞에 있었던 구슬뿐이었다. 그 구슬을 몸에 지닌 채 두루 금성진인을 찾으려고 하지만 결국 찾을 수가 없어 다시 익주로 돌아온다.

그러나 추연은 그것이 자신의 소생을 위해 필요한 구슬이라며 반김
으로써 추연이 다시 살아날 방도가 생기게 된다.

> 어사가 그 구슬을 추연의 옆에 놓고 추연과 함께 누워 자다가
> 놀라 깨니 아침이 되었다. 일어나 보니 구슬 놓았던 곳에 살이 연
> 지빛처럼 나서 살아났으니

위의 인용문은 점차 추연이 재생하는 장면이다. 곧 재생할 것임
이 분명하다고 해도 시체와 함께 자는 모습은 기괴하기까지 하다. 첫
날밤의 냉정했던 행동과는 달리 을선은 추연의 재생을 위해 옥윤동
에 다녀왔다. 그리고 이제 추연의 시체 옆에서, 비록 살은 썩지 않았
지만 3년이 지나 뼈만 남은 시체 옆에서 함께 잤다는 것을 통해 추연
을 깊이 사랑하고 있음을 드러낸다. 추연의 입장에서 보면 을선은 믿
을 만한 남편으로서의 자질을 보여주는 것이라 할 수 있다.

'믿음직한 남편'의 의미

비록 계모의 흉계 앞에서 을선은 아무런 의심도 없이 추연의 부
정을 믿고 그녀를 버리고 가버렸지만, 일단 추연의 결백을 알게 된
이후 을선의 행동은 믿을 만한 남편으로서의 모습을 지속적으로 보
여주고 있다.

"어머니는 마음을 진정하십시오. 처음에 충렬의 방에 간음한 남자가 있음을 어찌 알았습니까?"

"늙은 애미의 사촌 복록이 와서 이리이리 하기로 알았다."

승상이 크게 화가 나 복록을 찾으니 복록이 간계가 발각될 것을 두려워하여 벌써 도주하였으니, 승상이 외당에 나와 형구를 설치하고 옥졸을 잡아들여 국문하였다.

"너희들은 옥에서 죽은 시신이 충렬부인이 아닌 줄 어떻게 알았으며, 그 말을 누구에게 하였느냐? 숨기지 말고 바른 대로 말하여라."

하는 소리가 우레와 같으니 옥졸들이 놀라 말하였다.

"소인들이 어찌 알았겠습니까? 염습할 때 보니 얼굴과 손길이 곱지 못하여 부인과 다름을 소인들이 의심하여 서로 말할 때 정렬부인 시비 금련이 마침 지나다가 듣고 묻기에 소인이 작은 소리로 말하면서 행여 누설치 말라 당부했을 뿐입니다."

승상이 말이 끝나자 크게 화가 나 칼을 빼서 책상을 치며 좌우를 꾸짖어 금련을 빨리 잡아들이라 호령하니 노복들이 놀라 금련을 잡아 계단 아래 꿇리니, 승상이 큰 소리로 물었다.

"너는 옥졸의 말을 듣고 누구에게 말하였느냐?"

금련이 달아나는 혼을 붙잡으며 말하였다. 정렬부인이 재물을 많이 주며 계교를 가르쳐주어 남자의 옷을 입고 충렬부인 침소에 들어가 병풍 뒤에 숨었던 일과 정렬부인이 거짓으로 병든 체하며 충렬부인이 놀라 문병하고 탕약을 갈아 들여 밤이 깊도록 병을 수발하시니 정렬부인이 병이 잠깐 나았다 하고 충렬부인더러 그만

침소로 가라고 하니 충렬부인이 마지못해 침실로 돌아간 후 조부인이 성복록을 불러 금은을 주고 왕비 침전에 두세 번 참소하던 자초지종을 낱낱이 고하였다. 왕비가 하늘을 우러러 탄식하고 울며 말하였다.

"내 밝지 못해 악녀의 꾀에 빠져 억울한 충렬을 죽일 뻔하였으니 무슨 낯으로 현명한 며느리를 대할까."

정절의 문제로 무고를 받았지만, 신혼 첫날밤 을선이 취했던 조처와 정렬부인 사이에서 벌어진 갈등을 수습하는 과정은 매우 다르다. 신혼 첫날밤의 을선은 드러난 사태만을 보고 추연이 부정하다고 판단하였다. 그러나 정렬부인과의 갈등을 해결하는 을선의 조처는 제법 치밀하게 진행된다. 추연이 간부와 있었던 사실을 어떻게 알게 되었는지, 추연 대신 죽은 것이 추연의 시비 금섬인 것을 어떻게 알았는지를 확인하면서 사건을 해결해나간다.

이와 같은 을선의 태도는 다른 남자와 관계가 있다는 혐의만으로 첫날밤 추연을 버리고 나간 것과는 사뭇 다르다. 을선이 이와 같은 태도를 보일 수 있었던 것은 추연이 부정한 여성이라는 모함을 직접 목격하지 않은 것이 크겠지만, 그에 못지않게 추연을 믿고 있었던 데서 그 원인을 찾을 수 있다. 추연이 부정한 행위를 할 리 없다는 을선의 생각은 추연이 보낸 편지의 내용을 그대로 믿고 집에 돌아오자마자 추연의 편지를 기초로 사건의 진상을 밝히려는 태도로 이어진다.

조선시대의 혼인은 혼인 당사자들의 애정으로 인해 이뤄지는 것이 아니었다. 비록 「정을선전」에서는 을선의 상사병으로 인해 성사

된 것으로 그려지지만, 일반적으로는 가문과 가문의 결합이라는 성격이 강하며, 따라서 혼인 당사자들의 의사가 중요한 것은 아니었다. 여성이 남성의 집으로 "시집을 가는" 친영제가 점차 일반화되는 분위기 속에서 여성들에게 혼인은 자신의 모든 삶이 기반이 바뀌는 경험이다. 여성에게 혼인은 거처를 옮기는 것 이외에 혼인으로 맺어진 새로운 가족과의 수직적인 만남을 의미한다. 이때 시집을 가는 여성이 믿고 의지할 수 있는 유일한 사람은 남편이다.

「정을선전」이 추연에게 한눈에 반한 을선의 상사병으로 혼인이 이루어지는 것은 그런 점에서 의미심장하다. 「이생규장전」의 이생과 최랑은 최랑이 먼저 이생을 유혹했다고 하더라도 두 사람의 사랑이 깊어진 이후 이별과 최랑의 상사병으로 혼인이 가능했다. 그러나 「정을선전」에서 추연은 을선의 존재도 알지 못했으며, 혼인 첫날밤에서야 그를 만나게 된다. 둘의 혼인은 오직 을선의 욕망 때문이었으며, 그것은 을선이 추연을 사랑하고 있다는 증거가 된다. 그러나 추연에 대한 을선의 사랑도 추연의 정절이 훼손되었다는 혐의 앞에서는 소용없는 것이었다. 상사병이 날 정도로 추연을 사랑하였던 을선에게 추연의 부정은 용납될 수 없는 행위였던 것이다. 추연은 변명 한 번 제대로 할 수 없을 정도로 무력하였다.

이때 추연이 정절 훼손의 혐의를 벗을 수 있었던 것은 원귀라는 초자연적인 존재가 되었기 때문이었다. 원귀가 된 추연은 살아서는 내지 못했던 목소리를 내어 진실을 폭로하고, 자신의 죽음에 책임 있는 자들에게 복수할 수 있었다. 이 폭력적인 원귀는 살아 있을 때는 전혀 할 수 없었던 것들을 거리낌 없이 하는데, 이는 여성들의 욕망

고전소설 속 여성 원귀

이 원귀를 통해 드러난 것이라 할 수 있다. 한편으로 이는 원귀라는 초자연적인 존재가 되지 않는다면 진실을 말할 수 없다는 의미로, 억눌린 여성의 현실을 드러내는 것이라 할 수 있다. 또한「장화홍련전」이나「김인향전」과 마찬가지로 여성이 정절이 훼손되었다는 소문만으로도 죽을 수 있다는 현실을 보여준다는 점에서 정절 이데올로기에 억압된 여성의 처지를 드러내고 있다.

원귀가 됨으로써 역전된 남녀의 관계 역시 살아서는 그러하지 못한 여성들의 환상을 원귀를 통해 드러낸 것일 텐데, 이때 문제는 남편이 배우자로서 믿을 만한 사람인가라는 것이다. 그것을 확인하기 위해 원귀가 된 추연은 자신이 살아날 방도를 알려주고 그것을 시험 삼아 을선의 사랑을 확인하고자 한다. 생면부지였던 남편이 과연 자신을 위해줄 것인지는 이렇게 확인된다. 추연의 재생을 위해 정성을 다하는 을선의 모습은 믿음직한 남편의 모습과 겹친다. 이후 정렬부인과의 갈등에서 을선이 보여주었던 태도는 추연에 대한 믿음이었으며, 이는 아무런 연고 없는 집안에 홀로 들어간 여성들의 욕망이기도 할 것이다.

이런 점을 고려한다면「정을선전」은「장화홍련전」이나「김인향전」과 마찬가지로 정절이 훼손되었다는 위협에 대한 문학적 대응이며, 이상적인 여성의 삶에 대한 욕망을 서사화시킨 작품으로 이해할 수 있다. 그러나「장화홍련전」과「김인향전」이 혼인 이전의 삶에서 계모의 흉계로 인한 누명의 위험을 그리고 있다면,「정을선전」은 혼인 이후의 삶에 보다 집중하고 있다. 비록 계모에 의해 첫날밤 부정한 여인으로 의심받았으나 원귀가 되어 나타난 추연의 누명은 남편인 을선에 의해 해소되었다는 점, 그리고 혼인 생활에서 의심받았던 정절의 훼손은 남편인 을선의 믿음을 기반으로 해결되었다는 점에서 이 작품은 혼인 혹은 혼인 생활에 대한 여성들의 이상적인 삶을 그리고 있는 작품으로 이해할 수 있다.

무능한 시아버지로 인해 죽은 며느리

「숙영낭자전」의 숙영 낭자

시아버지의 의심이 불러온 며느리의 죽음

「숙영낭자전(淑英娘子傳)」은 다양한 방면에서 관심의 대상이 되었다. 특히 「숙영낭자전」은 설화에서도 이야기의 소재가 발견되며, 판소리로도 불렸다는 점에서 장르가 달라지는 것에 따른 서사에 대한 논의도 관심의 대상이 되었다. 소설에 대한 관심으로는 대체로 효와 애정의 대립으로 독해되어왔다. 그러므로 아버지 백공과 아들 선군의 대립을 중심으로 「숙영낭자전」을 읽어왔다.

최근에는 숙영 낭자를 중심으로 전개되기 시작했다. 특히 옥련동이라는, 숙영 낭자가 거주하는 공간에 관심이 집중되었다. 그러나 여전히 숙영 낭자가 원귀라는 점에 관심을 둔 것은 아니었다. 「숙영낭자전」에서 원귀로서 숙영 낭자의 모습이 드러나는 장면이 많지 않고, 원귀가 된 이후 숙영 낭자의 모습은 다른 작품의 원귀들이 적극적인 모습을 보이는 것과 달리 수동적으로 그려지기 때문인 것으로 생각된다.

낭자가 몸에 피를 흘리고 들어와 울며 말하였다.

"낭군이 영화롭게 돌아오시니 즐겁지만, 첩은 때를 잘못 만나 저승으로 갔습니다. 일전에 낭군의 편지로 사연을 들으니 낭군의 사랑하시는 마음은 극진하지만, 연분이 얕아 이리 되었습니다. 첩의 원한을 풀어주시면 죽은 혼백이라도 깨끗한 귀신이 되겠습니다."

고전소설 속 여성 원귀

온몸에 피를 흘리며 자신의 원한을 풀어달라는 아내의 모습을 본 남편의 심정은 참담할 것이다. 심지어 아내를 너무나도 사랑해서 과거를 보러 가다가도 아내를 보기 위해 집으로 돌아왔다가 가기를 반복하던 선군이 아니던가. 꿈에 나타난 아내의 모습은 위의 인용문에 드러나는 것처럼 끔찍했다. 끔찍한 모습으로 나타난 숙영 낭자는 선군에게 자신의 원한을 풀어달라고 부탁한다. 한마디로 자신의 죽음은 억울하다는 것이다. 그런데 「장화홍련전」, 「김인향전」, 「정을선전」의 원귀들이 원한이 어떻게 맺히게 되었으며, 해원을 위해 구체적으로 어떤 행동을 취해달라고 했던 것과 달리 원귀인 숙영 낭자의 하소연에는 그러한 것이 없다. 선군이 꿈에 나타난 숙영 낭자로부터 얻을 수 있는 정보는 억울하게 죽었다는 것뿐이다. 죽음의 원인은 다만 '시운이 불행'한 것으로 처리될 뿐이다. 그리고 다만 원한을 풀어달라는 것을 끝을 맺는다.

이와 같은 숙영 낭자의 하소연은 일차적으로 이전의 이야기를 통해서 사건의 경개(梗槪)가 드러난다는 점에서 기인한 것으로 볼 수 있다. 그러나 다른 작품들에서 원귀들이 지속적으로 자신의 억울함을 상세하게 하소연을 한다는 점을 염두에 둔다면, 원귀가 된 숙영 낭자의 태도는 다른 각도에서 살펴봐야 할 것이다.

숙영 낭자의 원한은 정절을 의심받았기 때문에 발생하였다. 백공은 선군이 과거를 보러 떠난 다음부터 숙영 낭자의 거처인 동별당을 감시하기 시작하는데, 이때 아내가 보고 싶어 돌아온 선군을 외간 남자로 의심한다. 그리고 곧 선군의 첩인 매월을 시켜 숙영 낭자의 거처를 감시하게 하는데, 이때 숙영 낭자에게 원한이 있었던 매월은 숙영 낭자가 동별당으로 외간 남자를 불러들였다는 모함을 함으로써 백공이 숙영 낭자의 정절을 의심하게 만든다.

실상 숙영 낭자가 매월의 모함을 받았던 것은 백공이 숙영 낭자를 부정적으로 바라보고 있었기 때문에 가능했다. 선군이 과거를 보러 가자 동별당을 감시하는 행위 자체가 숙영 낭자를 의심하고 있었기 때문이다. 8년이나 며느리로 살았으며, 선군 사이에 두 자녀를 둔 숙영 낭자의 거처를 감시하는 것은 백공이 숙영 낭자를 믿지 못했기 때문이다.

백공이 숙영 낭자를 못 믿은 이유는 숙영 낭자의 출신을 알 수 없기 때문이다. 백공의 아들인 선군은 여러모로 뛰어난 자질을 갖춘 인물로 묘사된다. 그래서 백공은 아들에게 걸맞은 배필을 맞아주고 싶었지만, 적당한 짝이 없어 근심하였다. 이때 선군은 꿈에서 만난 숙영 낭자를 잊지 못해 옥련동으로 찾아가 그녀와 인연을 맺고 집으로 데려온다. 선군은 숙영 낭자가 그리워 상사병에 걸릴 지경이었기에 백공 부부는 숙영 낭자를 반갑게 맞이한다. 그러나 이 반가움은 아들이 상사병에서 회복한 기쁨 때문이지 숙영 낭자 때문은 아니다. 뛰어난 자질을 갖춘 아들의 배필로 숙영 낭자가 갖춘 자질이라고는 "화려한 용모와 아름다운 재질"뿐, 가문 등의 요건은 알 수가 없었다. 또한 숙영 낭자와 부부의 연을 맺은 이후에는 선군은 오로지 숙영 낭자에만 빠져서 공부에 소홀했으며, 과거를 보러 가라는 아버지의 말에 숙영 낭자와 헤어질 것을 걱정하는 아들의 모습, 즉 "만일 집을 떠나게되면 낭자와 몇 달이나 이별을 하게 되어 사정이 절박합니다."라는 아들의 대답에 아버지인 백공이 불만을 갖는 것은 당연해 보이며, 그 불만의 끝에는 숙영 낭자가 있었다. 이런 점들을 고려해본다면 시아버지인 백공은 숙영 낭자에게 불만이 있었던 것으로 추측할 수 있다.

그러던 차에 선군은 과거를 보기 위해 집을 비우게 되고, 동별당 주변을 살피던 백공의 시선에 숙영 낭자와 선군의 은밀한 만남이 포착되면서 시아버지와 며느리의 갈등은 표면화되기 시작한다. 백공은 밤에 아들인 선군이 오는 것을 모른 채 며느리의 부정을 의심하고, 매월에게 숙영 낭자의 감시를 명한다. 매월은 선군이 숙영 낭자 때문에 상사병에 걸렸을 때 숙영 낭자의 추천으로 인해 첩으로 들인 노비인데, 숙영 낭자가 선군과 함께 집으로 돌아오자 선군의 발걸음이 끊어짐으로써 숙영 낭자에게 원한을 품고 있었다. 매월은 숙영 낭자를 감시하라는 백공의 지시를 기회로 숙영 낭자를 제거하여 선군의 사랑을 차지하기 위해 숙영 낭자가 부정을 저질렀다는 정황을 만들어 백공의 의심을 현실화시킨다.

"과연 오늘밤 보니 어떤 놈이 들어가 낭자와 함께 희롱하더니 소인이 가만히 들은즉 낭자가 그놈더러 말하기를, 서방님이 오시거든 죽이고 재물을 훔쳐서 함께 살자 하기에 소인이 듣고 분을 이기지 못해 서둘러 고합니다."

위의 인용문에서처럼 매월은 백공에게 숙영 낭자가 외간 남자와 부정을 저질렀다고 고해바친다. 여기에 그치지 않고 매월은 숙영 낭자가 간부와 함께 선군을 죽이고 재물을 탈취하여 도망갈 계획을 세웠다고도 말한다. 매월의 입을 통해 백공의 의심은 현실이 되었고, 숙영 낭자는 의심할 여지 없이 외간 남자와 정을 통한 부정한 여인으로, 가문을 욕보인 죄인으로 낙인 찍히고 만다.

조선 후기의 여성들이 정절이 훼손되었다는 소문만으로도 죽었다는 점을 고려한다면, 숙영 낭자에게 내려질 처결은 죽음 이외에는 없다. 가부장의 의심이 확신이 되었을 때 그나마 이러한 위기를 막아줄 수 있는 것은 주변 사람들의 도움뿐이다. 「정을선전」에서 을선이 없는 집안에서 정절을 의심받은 추연이 살아날 수 있었던 것은 시비들이 목숨을 바쳐 도움을 주었기 때문이다. 그러나 선군이 없는 동별당의 숙영 낭자는 시어머니의 지지 이외의 어떤 도움도 받을 수 없다. 심지어 노복들까지도 "낭자는 어떤 놈과 통간하였다가 억울하게 우리들을 혼나게 합니까? 무죄한 우리들이 꾸지람을 듣지 않게 어서 가십시오."라고 타박할 정도였다. 이후 숙영 낭자를 결박하라는 백공의 지시에 노복들은 노비들이 일시에 달려들어 낭자의 머리를 풀어헤쳐 계단에 앉게 할 정도로 숙영 낭자를 하대했다. 이것은 숙영 낭자가 백공의 집안에서 노비들에게서조차도 그 지위를 제대로 인정받지 못한 정황을 나타낸다. 또한 시댁에 고립된 여성의 처지를 드러내는 것이기도 하다. 숙영 낭자는 철저히 고립되었으며, 부정한 여인으로 죽음을 기다려야 했다.

의심이 풀린 숙영 낭자는 왜 자살을 했을까?

"지극히 공정하여 사사로움이 없으신 황천은 굽어 살피소서. 첩이 만일 외간 남자와 정을 통한 사실이 있거든 이 옥비녀가 첩의 가슴팍에 꽂히고, 이것이 억울한 누명이거든 이 옥비녀가 저 섬돌에 박히도록 영험을 베풀어 주옵소서."

하며 옥비녀를 공중에 던지고 엎드렸더니, 이윽고 그 옥비녀가 떨어지며 섬돌에 박혔다. 그제야 상하가 크게 놀라 얼굴빛이 변하며 신기하게 여겨 낭자의 억울함을 알게 되었다. 이에 백공이 다가와 낭자의 손을 잡고 말하였다.

"늙으니 지식이 없어 착한 며느리를 몰라보고 망령된 행동을 하였으니, 그 허물은 만 번 죽어도 적지 않겠구나. 며느리는 나의 변변치 못함을 용서하고 안심하거라."

정절이 훼손되었다는 의심에서 쉽게 벗어날 수 없다는 것은 이미 「장화홍련전」, 「김인향전」, 「정을선전」을 통해 확인한 바 있다. 숙영 낭자 역시 스스로 "옛말에 이르기를 음행의 소문은 씻기 어렵다 하니 동해의 물로도 씻지 못할 누명을 얻고 어찌 구차하게 살기를 도모하겠는가?"라고 말하는 데서 정절이 훼손된 여성에게는 죽음뿐이라는 점은 분명히 드러난다. 이때 숙영 낭자는 비정상적인 수단을 활용하여 자신이 무죄를 증명한다. 위의 인용문에서처럼 숙영 낭자는 옥비녀를 하늘에 던져 섬돌에 박히면 무죄, 자신의 가슴에 꽂히면 유죄라고 외치며 옥비녀를 던진다. 그러자 공중에서 떨어진 옥비녀는 숙영 낭자의 가슴이 아닌 섬돌에 박히면서 숙영 낭자의 결백을 증언한다. 이 신기한 현상 앞에서 그것을 지켜보던 모든 가족 구성원들은 비로소 숙영 낭자의 무죄를 깨닫게 된다. 시아버지인 백공은 숙영 낭자의 손을 잡으며 자신의 잘못을 인정하고 용서를 구한다.

그러므로 이제 숙영 낭자의 위기는 해결될 듯 보인다. 백공의 의심과 매월의 모함으로 인해 숙영 낭자는 정절을 의심받았지만, 섬돌에 꽂힌 옥비녀를 통해 결백하다는 것을 증명하였다. 이러한 과정은 한편으로는 시댁에서 혼인한 여성이 겪을 수 있는 갈등과 위기를 표현한 것이면서 동시에 초자연적인 행위로 해결될 수 있다는 서사를 통해서 음행지설은 신설(伸雪)하기 어렵다는 숙영 낭자의 말을 확인하는 것이기도 하다. 그리고 앞서 살펴본 세 작품에서도 억울한 누명을 입은 여성들은 '원귀'라는 초자연적인 존재가 됨으로써 결백을 증명했음을 확인하였으며, 「숙영낭자전」 역시 그러한 맥락에 놓인 작품임을 확인할 수 있다.

그런데 누명을 벗은 숙영 낭자는 자살을 감행한다. 이 작품이 문제적인 것은 누명을 벗은 바로 다음 장면이 숙영 낭자가 자살한다는 설정 때문이다. 누명을 벗었지만, 숙영 낭자는 어린 두 자녀를 두고 자신의 가슴에 칼을 꽂는다. 그리고 숙영 낭자가 원귀가 되어 선군에게 억울함을 하소연하는 장면이 이어진다.

「장화홍련전」, 「김인향전」, 「정을선전」과 달리 「숙영낭자전」에서 숙영 낭자는 정절이 훼손되었다는 누명이 풀렸음에도 자살을 감행한다. 이것은 시아버지의 의심이 풀리지 않았기 때문으로 해석할 수도 있다. 그러나 옥비녀가 섬돌에 꽂힌 이후 백공이 모든 가솔들이 있는 곳에서 자신의 잘못을 인정하였으므로 매월의 말은 사실이 아니며, 숙영 낭자의 정절이 훼손되지 않았다는 것은 의심의 여지가 없는 사실임을 백공 역시 알았다.

섬돌에 옥비녀가 꽂히면서 일단 백공은 의심이 풀렸다. 그러나 언제든 의심받을 수 있는 상황이라는 점에서 숙영 낭자의 위기는 결코 해결된 것이 아니다. 이때 숙영 낭자는 자살을 선택하게 되는데, 이것은 자신에게 드리워진 위험에서 완전하게 벗어나기 위해서이다. 자살한 숙영 낭자의 시체는 자살의 도구인 칼이 뽑히지 않고 시체가 움직이지 않는 데서 자신이 당한 일에 대한 억울함과 동시에 확고한 문제 해결의 의지를 드러내고 있다. 또한 전시된 숙영 낭자의 시신은 백공 집안 전체의 위기로 전환된다. 칼이 꽂힌 시체를 치울 수 없으므로 선군에게 그대로 이 끔찍한 장면이 노출될 것이기 때문이다. 백공은 선군이 끔찍한 숙영 낭자의 시체를 본다면 자살할지도 모른다는 공포에 빠진다.

시아버지와의 갈등은 정절 훼손의 누명으로 인해 폭발하게 되고, 이것의 완전한 해결을 요구하는 숙영 낭자의 전략은 자살하여 자신의 시신을 노출하는 것이었다. 궁극적으로 그것은 과거에 급제하여 금의환향하는 선군에게 보이기 위함이다. 선군은 절대적으로 숙영 낭자를 사랑하고 신뢰하였다. 숙영 낭자가 제대로 육례도 갖추지 못했으면서 8년 동안 백공의 집에서 아무런 문제 없이 살 수 있었던 것은 선군의 절대적인 지지에 힘입은 것이었다. 그리고 선군이 자리를 비우자 불안했던 숙영 낭자의 지위에는 균열이 생겼고, 이 균열로 인해 정절이 훼손되었다는 누명을 쓰게 되었다. 오직 시어머니만이 자신을 믿어주었지만, 시어머니는 현실적으로 숙영 낭자를 도울 만한 힘이 없었다.

집안의 노비들에게까지 동정받을 수조차 없을 정도로 가문에서 고립된 숙영 낭자는 옥비녀를 공중에 던져 자신의 결백을 증명했지만, 그것으로는 자신에게 닥친 위협을 제거할 수 없다고 느꼈던 것이다. 무엇보다도 자신의 죽음에 결정적인 책임이 있는 매월이 죽지 않았으며, 비록 시아버지 백공이 자신의 실책을 인정했지만 자신을 신뢰하지 않는 상황에서 보다 근본적인 해결책이 없이는 숙영 낭자에게 닥친 위험은 사라지지 않을 것이 분명했다.

이 문제를 해결할 수 있는 것은 오직 선군뿐으로, 그가 사건의 진상을 밝히고 주동자를 처벌하는 과정을 통해 자신의 명예가 회복되지 않는다면 언제든 다시 같은 위협에 노출될 것이기에 숙영 낭자는 자살을 선택한다. 사건의 완전한 해결을 위해서 칼이 꽂힌 자신의 시체를 아무도 옮기지 못하게 함으로써 선군에게 자신이 당했던 일을 생생하게 전달하려 한다. 선군이 집에 도착하기 전 백공 부부가 선군을 임 소저와 혼인시키려 하자, 선군의 꿈에 원귀의 형상으로 나타나 자신의 억울함을 풀어달라고 호소한다.

숙영 낭자가 원귀로 등장하는 이유는 집안에서 자신의 지위를 찾기 위해서이다. 비록 일시적인 누명은 벗었지만, 그 위협이 완전히 사라진 것은 아니었다. 그 위협에서 벗어나기 위해 선군에게 원귀가 되어 나타나 자신의 처참한 시신을 보여주면서 해결을 촉구한다. 또한 자신의 죽음에 직접적인 원인을 제공한 매월에 대한 처단 역시 포함되어 있다. 원귀가 되어 나타난 숙영 낭자의 하소연에는 이러한 내용들이 생략되어 있다고 볼 수 있다.

사건의 완전한 해결

고전소설 속 여성 원귀

원귀가 된 숙영 낭자가 꿈에 등장한 이후 이상함을 느낀 선군이 백공 부부가 마련해둔 임 소저와의 혼인을 물리면서 집으로 오고, 드디어 가슴에 칼을 꽂고 누운 숙영 낭자의 시신과 마주하게 된다. 그러면서 사건 해결의 실마리를 얻게 되는데, 이것은 「장화홍련전」과 「김인향전」의 원귀가 부사와 만나 사건을 하소연하면서 사건 해결의 실마리를 얻는 것과 동일한 양상이다.

선군이 빌며 말하였다.

"이 칼이 빠지면 원수를 갚어 원혼을 위로하리라."

하고 칼을 빼니 문득 빠지면서 그 사이에서 파랑새 한 마리가 나오면서 '매월이, 매월이'를 세 번 울고 날아가더라. 그제서야 선군이 매월의 소행인 줄 알고 분노하여 급히 형구를 벌리고 모든 노복을 차례로 심문하니 이에 매월을 심문하니 모두 승복하며 울며 말하였다.

"상공이 여차여차 하시기로 소인이 원통한 마음이 있던 차에 때를 타 간계를 행함에 함께 한 놈은 돌이입니다."

선군은 또 돌이를 심문하니 돌이 매월에게 재물을 받고 행동한 것밖에 다른 죄는 없다 하였다. 선군이 크게 화가 나 칼을 들어 매월을 벤 후 배를 갈라 간을 내어 낭자의 신체 앞에 놓고 제문을 지어 제사를 지낸 후 돌이를 고을 수령에게 보내 섬으로 유배를 보냈다. 이때 백공 부부는 일이 탄로남을 보고 오히려 잘못이 없다고 여겼다.

위의 인용문은 사건의 진상이 밝혀지는 장면을 서술한 부분이다. 숙영 낭자의 시체와 마주한 선군은 칼이 빠지면 원수를 갚아 원혼을 위로하겠다면서 칼을 잡아서 뺀다. 마치 켈트족의 아서 왕 전설에서 아서 왕이 엑스칼리버를 뽑아 자신이 왕이 될 인물임을 증명하는 것처럼, 선군 역시 아무도 뽑을 수 없었던 숙영 낭자의 가슴에 꽂힌 칼을 뽑음으로써 자신만이 사건을 해결할 수 있는 유일한 존재임을 증명한다.

그리고 이어진 장면에서 칼이 뽑힌 자리에서 파랑새가 매월의 이름을 재차 부르며 날아가자 선군은 곧 범인이 매월임을 알게 된다. 이로써 사건의 범인은 드러나고, 고문을 받은 매월이 자초지종을 모두 실토하면서 그동안 서사를 통해 드러나서 독자들이 알고 있었던 모든 것들을 선군 역시 알게 된다. 매월이 숙영 낭자에게 원한을 가졌던 일이며, 백공이 매월에게 숙영 낭자의 감시를 시킨 일, 매월이 노비 돌이를 사주하여 숙영 낭자가 정절이 훼손되었다는 누명을 쓰게 한 일 등이 모두 매월의 입을 통해 진술된다. 이를 통해 사건의 진상은 모든 가솔들 앞에서 공표되고 숙영 낭자가 무죄함이 천명된다.

이러한 장면은 섬돌에 옥비녀가 꽂혀 숙영 낭자의 무죄함이 드러난 것과는 또 다르다. 섬돌에 꽂힌 옥비녀는 숙영 낭자가 무죄하다는 것을 나타냈을 뿐, 사건의 진상이 드러난 것은 아니었다. 사건의 책임을 묻는 것은 백공의 사죄로 끝났고, 매월은 아예 거론조차 되지 않았다. 그러나 선군이 집으로 돌아와 매월의 자백을 받음으로써 드디어 가솔들 모두가 사건의 진상이 어떠한 것이었는가를 알게 되었다. 매월의 음모는 물론, 백공의 실책이 그대로 드러나게 되었다. 이에 선군은 매월을 칼로 베고 간을 내어 숙영 낭자에게 제사를 지냄으로써 복수를 완성한다. 그리고 이 모든 장면을 지켜보고 있었던 백공은 자신의 실책이 드러났음에도 도리어 잘못이 없다고 여기지만, 실책이 드러난 이상 가부장으로서의 권위를 내세울 수 없는 처지에 놓이게 된다. 가정을 잘 다스릴 의무가 있었던 백공은 오히려 실책을 저질러 그 권위가 추락하고, 그의 아들인 선군은 과거에 급제하여 가문을 빛냄은 물론이고 가정 내의 문제를 해결함으로써 새로운 가부장으로서의 자질을 드러낸다.

이처럼 「숙영낭자전」의 원귀는 새로운 가부장을 불러들여 원한을 해소한다. 「장화홍련전」과 「김인향전」이 무능한 가부장 대신 부사라는 사회적 가부장을 통해 사건을 해결하는 장면, 그리고 「정을선전」에서 아내의 정절도 몰라보는 을선 대신 천자의 조서와 직첩으

로 인해 원한이 풀리는 장면과 같은 구조라 할 수 있다. 다만「장화홍
련전」,「김인향전」,「정을선전」에서는 새로운 가부장으로서 사회적으
로 권위 있는 인물인 부사와 천자를 동원하여 사건을 해결한 데 반해
서「숙영낭자전」에서는 가정 내의 차세대 가부장을 내세운다는 점에
서 차이가 있다. 이때 이 새로운 가부장은 믿을 사람 하나 없는 시댁
식구들 가운데 자신을 한없이 사랑하고 신뢰하는 숙영 낭자의 남편
선군이라는 점이 특징적이다.「숙영낭자전」에서 원귀인 숙영 낭자는
남편인 선군을 통해 누명을 벗고 복수를 하였으며, 이것을 기화로 가
부장이 교체되면서 숙영 낭자는 가정 내에서 더욱 확고한 위치를 차
지할 수 있게 된다.

시댁과의 관계 설정에 대한 고민

은폐될 것 같던 숙영 낭자의 정절 훼손 사건은 자살한 숙영 낭자
의 칼에 꽂힌 시신이 움직이지 않고 선군의 꿈에 원귀가 되어 나타나
하소연함으로써 밝혀지게 되었다. 주범인 매월은 선군에 의해 죽게
되고, 공범인 돌이는 귀양을 가게 되었다. 사건의 배후에 해당한다고
할 수 있는 백공은 비록 아무런 처벌도 받지 않았지만, 가부장으로서
의 권위가 추락하게 된다.

사건이 해결된 이후,「숙영낭자전」의 서사는 다양하게 분화한다.
이러한 서사의 분화는「장화홍련전」에서 목격한 바 있다.「장화홍련
전」의 결말의 관심사는 장화와 홍련이 어떤 삶을 사는 것이 행복한

것인가에 초점을 맞추고 있다. 부사에게 나타나 감사의 인사를 전하고 저승으로 간다는 설정이 해원과 복수를 완성한 원귀의 기본적인 형상이라면, 다시 살아난 장화와 홍련이 부사와 혼인을 하는 것으로 이들이 마땅히 살았어야 할 행복한 삶을 보여주기도 했다. 그리고 방각본 계열의 이본들은 배 좌수의 세 번째 부인의 쌍둥이로 태어나 자라서 같은 가문의 남성에게 시집을 가는 것으로 이들이 마땅히 누렸어야 할 당위의 삶을 보여주었음을 앞서 살펴본 바 있다. 여성으로서의 행복한 삶은 무엇인가에 대한 고민으로부터 이본들은 만들어졌다고 볼 수 있다.

「숙영낭자전」의 경우에는 「장화홍련전」과는 다르다. 판매를 위해 만들어진 방각본과 활자본의 차이는 거의 없지만, 손으로 써서 유통된 필사본의 경우에는 다양한 결말을 보여주고 있다. 「숙영낭자전」의 이본은 결말에 따라 네 가지로 구분할 수 있다. 숙영 낭자가 ① 시부모 모시기를 거부하는 유형, ② 시부모를 정성껏 모시는 유형, ③ 숙영 낭자와 선군, 두 자녀가 천상으로 승천하는 유형, ④ 숙영 낭자와 선군 부부가 지상에 머물지만 선군이 임 소저와 혼인하며 후에 숙영 낭자와 선군, 임 소저가 함께 승천하는 유형, 이렇게 네 가지이다.

이와 같은 이본의 분포는 기본적으로 숙영 낭자의 행복이 무엇인가에 대한 고민으로부터 시작한다고 볼 수 있는데, 「장화홍련전」의 경우, 장화와 홍련이 처녀인 상태에서 누명으로 죽었다는 점에서 혼사까지의 문제를 주요 관심사로 삼는다면, 「숙영낭자전」에서 숙영 낭자는 기혼이라는 점에서 기혼 여성의 관심사를 결말부에 투영하였다고 볼 수 있다. 「정을선전」의 을선이 혼인 첫날밤 추연을 의심하여 갈등이 유발된 것과 달리 「숙영낭자전」에서 숙영 낭자의 남편인 선군은 처음 만날 때부터 숙영 낭자를 사랑하고 믿었다는 점에서, 그리고 숙영 낭자와 갈등을 일으킨 주체는 시아버지라는 점은 결말부에 드러나는 이 작품의 관심사가 시댁과의 관계라는 것을 암시한다.

그렇다면 이본의 다양함은 시댁과의 관계에 대한 설정이 어떠한 것이냐에 대한 이견이라 할 수 있다. 더구나 이본의 변화가 심한 필사본은 주로 여성들이 참여하여 만들었다는 점에서 「숙영낭자전」의 결말은 여성들의 의견이 적극적으로 개입되어 분화된 것이라 할 수 있다. 그러므로 「숙영낭자전」은 결혼을 하여 친정과 멀어진 여성들이 그 간격을 메우려 함과 동시에 시댁에서 고립되어 생길 수 있는 갈등은 무엇인지, 시댁과의 이상적인 관계는 어떠한 것인가를 사유한 결과물이라 할 수 있다.

이때 원귀는 사건이 은폐되는 것을 저지하여 사건의 진상을 알리고 해결될 수 있도록 하는 역할을 한다. 선군은 과거를 보러 집을 떠나 있었고, 백공은 사건의 진상을 감추기 위해 부단히 노력했다. 선군이 숙영 낭자의 시신을 보고 놀라 죽을 것을 대비하여 임 소저와의 혼인을 주선하고, 사건의 진상을 묻는 아들 선군에게 거짓말을 하기도 했다. 백공은 자신의 실책으로 비롯된 숙영 낭자의 죽음을 아들인 선군이 아는 것을 원치 않았다. 그러나 숙영 낭자는 자살을 하여 칼에 꽂힌 자신의 신체를 드러내고 원귀가 되어 나타나 선군의 꿈에 나타나 자신의 억울함을 하소연하여 선군이 사건을 해결할 수 있도록 했던 것이다.

이와 같은 원귀의 역할은 다른 작품에서도 이미 확인한 바 있다.

「장화홍련전」, 「김인향전」, 「정을선전」에서 원귀는 살아 있는 자들에게 등장하여 감춰졌던 사건의 진상을 말하였고, 이 말을 통해 사건 해결의 실마리를 얻었다. 원귀가 선택한 하소연의 대상은 사건을 해결할 만한 능력을 갖춘 사람이었고, 그리고 그 사건을 사회적으로 확장하여 자신의 누명을 벗고 복수를 감행하였다. 이러한 원귀의 모습은 「숙영낭자전」에서도 그대로 이어지고 있다. 또한 원귀의 등장은 곧 가부장의 무능을 증언한다는 의미를 갖는다는 점에서도 공통점이 있다.

부부 중심의 가족으로

그런데 「숙영낭자전」에서 원귀는 이들 작품들과는 다소 다른 양상을 보여주고 있다. 「장화홍련전」에서 장화와 홍련의 아버지는 원귀의 등장으로 인해 비록 자신의 무능이 드러나지만, 장화와 홍련은 아버지의 구명을 위해 노력함으로써 추락한 가부장의 권위를 다시 세운다. 또한 경판 계열의 이본에서 다시 배 좌수의 쌍둥이로 태어나 행복한 삶을 사는 장화와 홍련의 모습에서 추락한 가부장의 흔적은 찾아볼 수 없다. 「김인향전」의 경우에는 인향의 아버지가 인향 남매가 모두 죽은 것을 알고 병으로 죽게 되는데, 이로써 아버지의 무능은 감춰진다. 「정을선전」의 경우 을선은 원귀가 된 추연에게 용서를 빌고 한없이 조롱을 받는 등 가부장으로서의 권위가 추락하게 된다. 그러나 추연이 재생한 이후 을선은 조왕의 딸인 정렬부인과의 갈등에서 출중한 능력을 발휘하는 등 당당한 가부장의 모습을 보여주고 있다. 상실된 가부장의 권위는 어떤 방식으로든 회복되고 있는 것이다.

그런데 「숙영낭자전」에서는 가부장의 권위가 회복되지 않는다. 아들인 선군은 과거에 급제하여 가문의 명예를 높였을 뿐 아니라 은폐될 뻔했던 숙영 낭자의 억울함을 풀어주었다. 반면 선군의 아버지 백공은 숙영 낭자의 죽음에 깊이 연관되어 있음이 드러나면서 가부장으로서의 권위가 바닥에 떨어지고 만다.

방각본에서 선군은 고집이 센 아들로 등장한다. 상사병에 걸린 선군은 꿈에서 만난 숙영 낭자를 만나러 옥련동에 가기 위해 백공 부부에게 산천경개를 구경하겠다고 말하자, 백공 부부는 아픈 아들이 나가는 것을 반대한다. 아픈 아들을 대하는 부모로서 당연한 태도이다. 그런데 선군과 백공 부부의 태도는 천만의외이다. "선군 소매를 떨치고 나가니 부모 할 수 없어 보내는지라."라고 하는 데서 선군이 백공 부부의 말을 듣지 않으며, 백공 부부가 선군을 쉽게 통제하고 있지 못함을 알 수 있다. 효를 중요시하는 보통의 고전소설에 나오는 남성 주인공의 태도와는 전혀 다르다. 숙영 낭자와의 혼인 역시 선군이 단독으로 결정한 것이며, 숙영 낭자에게 빠져 학업을 전폐한 아들에 대하여 백공은 귀한 자식이라는 이유로 내버려둔다.

이처럼 선군은 애초부터 당대의 가치관인 효와는 거리가 먼 인물이었다. 그런 선군이 사건의 진상을 밝히는 과정에서 아버지의 실책이 드러나는 것을 거리끼지 않는 것은 자연스러워 보일 정도이다. 임소저와의 혼인 역시 아버지의 명임에도 불구하고 듣지 않았는데, 임 소저와의 혼인은 가문 사이의 약속인 만큼 지켜지지 않았을 때 백공이 망신을 당할 것임이 분명한데도 이런 점은 선군에게 전혀 고려의 대상이 아니었다. 외려 숙영 낭자가 혼인을 권하자 임 소저와의 혼인은 달성되는데, 이것으로 선군이 효보다는 애정의 가치를 더욱 소중히 여기고 있는 인물이라는 점을 알 수 있다.

이런 가운데 숙영 낭자가 원귀가 되어 등장하자, 백공은 자신의 실책을 감추지 못하고 숙영 낭자가 어떤 경위로 정절을 의심받게 되었는가가 드러나게 된다. 원귀의 등장은 백공의 권위가 추락하고 선군의 권위가 올라가게 되는 결정적인 계기를 원귀가 마련하고 있는 셈이다. 애초부터 선군은 아버지의 말을 잘 듣지 않는 아들이었으나, 숙영 낭자의 사건을 계기로 그 권위가 아버지를 압도하게 된다. 그러므로 백공은 전처럼 숙영 낭자를 감시하는 등 가부장으로서의 권위를 사용할 수 없게 된다. 그리고 이 역전된 힘을 바탕으로 숙영 낭자에게는 시댁과의 관계를 설정할 기회가 부여된다. 가정은 선군과 숙영 낭자 부부를 중심으로 구축된다.

따라서 「숙영낭자전」에서 원귀의 등장은 자신의 억울함을 하소연하고 사건을 해결하는 데 그치는 것이 아니라 가정 내의 가부장의 힘이 역전되는 결과를 초래하고 있음을 알 수 있다. 그 힘의 역전은 외부에서 영입된 며느리라는 위치에 있는 숙영 낭자에게 시댁과의 관계를 설정할 수 있는 기회를 주었으며, 이것은 부부 중심으로 가정이 개편되고 있음을 드러내는 데서 「숙영낭자전」의 원귀의 독특한 지점을 확인할 수 있다.

목소리를 되찾은 여인들,
세상의 모순을 고발하다

1

원귀, 여성의 문제를 보여주는 창(窓)

지금까지 살펴본 고전소설 속의 여성 원귀들은 모두 '정절'이라는 가치와 연관된다. 아무런 죄도 없는 여인은 정절로 인해 목숨을 잃어야 했다. 이 죽음은 억울한 것이었고, 원귀가 되어 이승으로 돌아와 그 억울함을 풀고자 했다.

그러나 여성 원귀를 통해 드러나는 문제는 동일한 차원이 아니었다. 「만복사저포기」와 「이생규장전」은 여성 원귀를 통해서 죽어서라도 지켜야 하는 정절과 여성의 평범한 삶이라는 두 가지 가치 가운데 어떤 것이 더 중요한 가치인가를 묻는다. 「하생기우전」의 여성 원귀는 정절이라는 가치를 통해 아버지를 유교적 주체로 만드는데, 이것은 혼탁해진 유교 사회의 해결책을 제시한 것이다. 「운영전」의 운영은 유교의 이념과 애정 사이의 갈등 때문에 자살을 택하게 된다. 이를 통해 절대화된 유교 이념에 대한 회의를 드러낸다. 이처럼 전기소설에서의 여성 원귀는 유교 이념의 여러 문제들을 드러내고 있다.

그러나 이념의 모색은 달성되지 못하고 곧 딜레마에 빠지게 된다. 「만복사저포기」와 「이생규장전」이 정절과 여성의 평범한 삶이라는 가치 사이에서 그 우열을 가리지 못했다면, 「운영전」에서의 운영은 애정과 이념 사이에서 갈등하고 있다. 「하생기우전」의 딜레마는 유교 사회의 주체여야 할 남성들이 스스로 주체가 되지 못하고 여성 원귀를 통한다는 데서 발생한다.

한편 한글소설에 등장하는 원귀들은 억울함을 해소하는 방식으로 복수를 선택하고 있다. 억울함의 원인은 모두 정절이 훼손되었다는 누명이며, 부정한 여인이 아니라는 것을 드러내기 위해 언제나 공적인 처결을 요구한다. 이 공적인 처결은 죽음의 원인을 제공한 자에 대한 복수로 이어진다. 이러한 기본적인 형식은 같지만, 각각의 작품에서 문제 삼는 지점은 다르다. 「장화홍련전」과 「김인향전」이 전처의 자식들과 계모 사이의 갈등을 다루고 있다면, 「정을선전」에서는 부부 사이의 문제에 집중하고 있다. 「숙영낭자전」은 시아버지와 며느리의 갈등이 서사를 이끌어나가는 추동력으로 작용한다.

이처럼 한글소설 속의 여성 원귀는 유교 사회에서 여성이 지켜야 할 도리로써 제시되는 덕목인 정절로 인해 억울한 죽음에 직면한다는 점에서는 공통적이지만, 그로 인해 제기되는 문제는 작품에 따라서 달리 나타난다.

그런데 정절의 문제로 인해 원귀가 된 여성은 소설에만 등장하는 것은 아니다. 필기나 야담과 같은 장르에서도 원귀는 등장한다.

윤은 죽은 여종이 그리워져서 애달프게 읊조리는데, 조그마한 발자취 소리가 소나무 사이에서 나서 자세히 살펴보니 바로 죽은 여종인 모였다. 윤이 그가 죽었음을 오래전에 알았기 때문에 분명 귀신이려니 하였지만 너무도 생각했던 탓으로 더 의심도 않고 그의 손을 잡으면서 말하기를, "어찌 여기까지 왔소." 하였는데, 바로 보이지 않으니 윤은 목 놓아 통곡하였다. 이로 인해 상심하여 병이 나서 여러 해 동안 먹지 못하다가 죽었다.

위의 인용문은 이륙(李陸)의 『청파극담(靑坡劇談)』에 실려 있는, 소위 「안생전(安生傳)」으로 알려진 이야기의 일부이다. 여기서 안생은 죽은 자신의 아내를 그리워하고 있었는데, 어느 날 소나무 사이에서 그녀를 발견하고는 반가이 맞이한다. 아내가 죽었는데도 너무나도 사랑해서 산 사람을 대하듯이 하는 태도는 「이생규장전」에서 목격한 바 있다. 「이생규장전」의 내용과 비슷해 보이지만, 두 작품 사이에는 큰 차이가 있다.

먼저 「이생규장전」의 원귀인 최랑은 긴 하소연을 통해 자신의 억울함을 이생에게 토로했다. 무엇이 억울한지, 왜 저승으로 가지 못하고 이생에게 돌아왔는지를 원귀의 목소리를 통해 생생하게 전달되었다. 반면 「안생전」에서 원귀는 아무런 말도 하지 않고 단지 잠시 나타났다가 사라질 뿐이다. 여종은 분명 억울하게 죽었지만 원귀가 되어 안생 앞에 나타나서는 아무런 말도 하지 않고 사라진다. 억울함을 호소하러 왔다기보다는 잠시 안생을 보러 왔다는 듯한 태도이다. 혹은 안생이 너무나도 사랑한 여인을 보고 싶어 하다가 환영을 본 것 같기도 하다. 그러므로 여종이 당했던 억울함은 잘 드러나지 않고, 안생이 얼마나 그녀를 사랑했는가에 초점이 맞춰진다. 『청파극담』의 작자

이륙은 이야기의 뜻에 자신의 감상을 부기하면서 여종의 행위를 정절의 측면에서 해석하고 있을 뿐이다.

『용재총화(慵齋叢話)』역시 안생의 이야기를 수록하고 있는데, 여기에서도 원귀의 목소리는 전혀 들리지 않는다. 여기에서도 억울하게 죽은 여종은 안생에게 자신의 모습만을 언뜻 드러낼 뿐이다. 이에 안생은 심신이 흐트러져 결국 죽는 것으로 이야기가 마무리되는데, 마치 죽은 여종이 그리워 여종의 환영을 보다가 결국 죽은 것처럼 그려지는 데서 이 이야기의 관심사가 여종의 일에 있지 않고, 안생의 슬픈 사랑과 허망한 죽음에 초점을 맞추고 있음을 알 수 있다.

이처럼 필기에서 원귀는 남성 주인공의 보조적인 역할에 머물고 있다. 원귀는 하소연도 하지 않고, 어떤 해원을 위해 나타나는 것도 아니다. 외려 원귀의 형상은 남성 주인공의 환상인 것처럼 등장하면서, 남성 인물의 죽음의 원인인 것처럼 묘사되고 있다. 이는 소설에서 원귀를 통해서 억울한 죽음을 적극적으로 드러내는 것과는 다른 양상이다. 필기의 관심사는 소설과는 달리 사대부 남성의 행적이며, 그것을 사실적으로 그리고 수집하는 데 있기 때문이다. 그러므로 원귀는 남성 사대부의 행적을 드러내는 보조적인 수단으로 머물게 된다.

야담 속에서도 여성 원귀의 모습을 찾아볼 수 있다. 특히 한글소설에 등장하는 원귀의 모습과 매우 닮아 있다. 그러나 그 관심사까지 닮아 있는 것은 아니다.

"저는 조정 관리의 딸로 아무개 집에 시집갔는데, 혼인한 지 얼마 안되어서부터 지아비가 음란한 계집에게 미혹되어 저를 꾸짖고 구타하더니 결국에는 그 음부의 참소를 믿고, 제가 순분의 행실을 하였다고 말하며 한밤중에 검으로 저를 찔러 영월암 절벽 사이에 버렸습니다. 이 일을 아는 사람은 아무도 없는지라 그는 저의 부모에게마저 '음란한 행실을 하고 도망갔다.'라고 속여 말하였습니다. 제가 비명에 잘못 죽은 것도 진실로 원통할진대, 게다가 불결한 오명까지 입게 되었으니 천고의 저승에서도 이 원통함은 씻기가 어려웠습니다."

위의 인용문은 『청구야담(靑丘野談)』 가운데 '원혼을 달래준 김 상공'의 이야기에서 원귀가 하소연하는 장면이다. 남편이 다른 여자에게 미혹되어 자신을 침소한 말을 믿고는 부정한 여인이라는 이유로 칼로 찔러 죽이고 그 시체를 영월암 절벽 사이에 버려 사건을 은폐했다고 했다. 그러고는 부모에게 음란한 행실, 즉 정절을 잃고는 도망갔다는 누명을 씌웠다. 이것이 억울하여 원귀는 김 상공 앞에 나타나 자신의 억울함을 하소연하고 있다. 이어서 김 상공이 어떻게 사건을 해결해줄 수 있는지에 대해 서술되어 있다.

여기에서 여성 원귀는 자신의 억울함을 하소연하고 있다는 점에서 앞서 살펴보았던 여성 원귀의 모습과 닮아 있다. 특히 사대부 남성의 해결로 인해 복수가 이뤄진다는 점에서 한글소설에 등장하는 여성 원귀의 형상과 상당히 유사한 모습을 찾아볼 수 있다.

그러나 한글소설에 등장하는 원귀는 주인공으로 설정되어 있으며, 이것은 원귀를 중심으로 서사가 구축되어 있음을 의미한다. 한 여성이 어떤 과정을 통해 정절이 훼손되었다는 누명을 쓰고 죽게 되었는지가 구체적으로 드러나는가 하면, 복수의 과정 역시 원한의 깊이만큼이나 잔인하게 그려진다. 또한 억울한 죽음으로 인해 누리지 못한 삶이 재생담을 통해 보상받는 결말이 이어진다는 점도 특기할 만한 점이다. 이것은 서사의 초점이 여성 주인공, 즉 원귀에 맞춰져 있기 때문이다. 그러므로 한글소설에 등장하는 여성 원귀는 정절과 관련된 여성의 모습이 그려진다. 반면 야담의 경우에는 그렇지가 않다.

> 그들은 전동흘의 당당한 모습을 보고는 서로 돌아보고 칭찬을 하며 깊이 따르고자 하였다. 전동흘이 두루 그들을 찾아가서 만났는데, 출중한 언변으로 사람들을 놀라게 하였다. 여러 사람들이 서로 다투어 그를 천거하여, 높은 벼슬과 직책을 역임하였고, 혁혁한 명성이 세상에 널리 알려졌다. 아울러 백성들을 살리려는 뜻이 있고 외적을 막을 수 있는 인재라고 당시 사람들이 모두 추앙하였다. 여러 차례 변방 진영장을 역임하고 마침내 통제사에 이르렀다. 그가 연로하게 되었을 때 그의 자손들도 잇달아 무과에 급제하여 또한 이름을 떨쳤으니 기이하도다.

야담집인 『학산한언(鶴山閑言)』 속의 전동흘(全東屹) 이야기는 그에 대한 세간의 평가와 삶의 궤적을 서술하고 있다. 이때 전동흘은 「장화홍련전」에 등장하는 부사의 실제 모델인데, 「장화홍련전」에서와는 상당히 다른 모습으로 등장한다. 『학산한언』 속의 전동흘은 당당한 모습에 훌륭한 언변으로 여러 사람의 천거를 받아 높은 벼슬을 하였으며 그 명성이 널리 알려진 인물로 묘사된다. 또한 무장으로서 전동흘의 뛰어난 업적이 줄지어 서술되고 있다. 이 이야기의 초점은 전동흘이라는 인물이 얼마나 뛰어난 인물인가를 설명하는 데 맞춰져 있다.

그런데 이와 같이 뛰어난 인물이 「장화홍련전」에서는 사건을 제대로 해결하지 못해 장화와 홍련에게 타박을 받는다. 사건의 해결은 장화와 홍련에 의한 것이고, 전동흘은 홍련의 말을 실행하고 외부로 공표하는 역할을 맡았을 뿐이었다. 야담에서는 뛰어난 능력의 소유자로 등장하는 전동흘이 소설에서는 그 능력이 작아진다.

야담은 사대부 남성들 사이에서 향유된 문학 장르로, 사실의 전달에 목적을 두고 향유되었으며, 사대부 남성의 관심사가 투영되어 있다. 즉, 야담의 관심사는 사대부 남성과 그 주변에서 생긴 사건이다. 필기 역시 야담과 마찬가지이다. 사대부 남성 혹은 사대부 주변에서 일어난 일의 견문을 기록한 것이 필기와 야담이라면, 이야기의 관심사는 사대부 남성의 행위에 초점이 맞춰질 것이다.

반면 여성 원귀가 등장하는 소설에서 관심사는 여성 원귀의 하소연과 해원이다. 여성 원귀의 사연에 서사를 집중하고 있어서 상대적으로 사건을 해결해야 하는 위치에 있는 남성들은 왜소화된다. 야담에서는 뛰어난 능력을 가진 것으로 묘사되던 전동흘이 「장화홍련전」에서는 사건의 실마리를 찾지 못해 장화와 홍련에게 타박을 받는 것은 이러한 맥락에서 이해할 수 있다. 「정을선전」의 을선은 아내 추연을 의심한 대가로 아내 앞에서 자신의 잘못을 시인해야 했고, 「숙영 낭자전」에서 숙영 낭자의 시아버지 백공은 잘못된 판단으로 숙영 낭자를 자결로 내몰았으니 진실이 밝혀진 이후에 그 권위가 추락하였다. 전기소설에서도 남성 인물들은 왜소하게 그려진다.「하생기우전」의 남성들 역시 여성 원귀가 아니라면 유교 사회의 주체가 되지 못했고,「운영전」에서 김 진사 역시 노비인 특에게 속을 정도로 아둔하고 유약한 인물로 묘사된다.「만복사저포기」의 양생이나「이생규장전」의 이생 역시 무기력하기는 다른 작품의 남성 인물들과 마찬가지였다.

이와 같은 점을 염두에 두고『청구야담』속의 김 상공의 이야기로 돌아가보겠다. 김 상공의 이야기에서 주인공은 김 상공이며, 야담의 관심사가 사대부 남성에 있다면 이야기의 초점은 그가 얼마나 뛰어난 능력으로 사건을 해결하였는가를 보여주는 데 있다. 비록 김 상공의 이야기에서 원귀가 등장하여 하소연을 하면서 김 상공에게 해원을 요구하지만, 이때 부각되는 것은 김 상공이 은폐된 사건의 해결자라는 점이다.

밤에 공이 다시 영월암에 들어가 불을 밝히고 혼자 앉아 있으니 그 여인이 창 밖에서 울며 감사를 드렸다. 그 여자는 머리를 쪽지어 단정히 하였으며, 의복도 선명하여 이전의 그 용모가 아니었다. 공은 그녀를 앞으로 가까이 오게 하여 자신의 전정에 대하여 물었더니 여인이 말하였다.

"공은 모년에 모관이 되고 모시에는 모일이 일어날 것이며, 지위는 대관에 이를 것이고, 모년에 나라를 위하여 힘쓰다가 돌아가신 후 아름다운 명성이 무궁할 것이며 자손도 크게 번창할 것입니다."

그녀는 말을 마친 뒤 하직 인사를 하고 갔다. 공은 묵묵히 그것을 암기하였는데, 과연 부절이 합해지는 것처럼 그녀의 말이 맞았다. 모년에 나라 일로 순국하였으며 영원히 후세에까지 아름다운 명성을 드리웠다고 한다.

위의 인용문은 사건을 해결한 김 상공의 후일담에 해당한다. 사건이 해결되어 단정한 모습으로 바뀐 원귀는 자신의 누명을 벗고 복수를 한 것에 대하여 김 상공에게 감사의 인사를 전한다. 김 상공은 원귀를 불러 자신의 미래를 묻는데, 대답한 것과 똑같이 되었다고 한다. 나라의 일로 순국한 이름이 후대까지 드리웠다는 점에서 그의 뛰어난 능력은 다시 확인된다.

이처럼 원귀의 사건은 원귀의 억울한 사연을 드러내는 데 초점을 맞추고 있는 것이 아니라, 김 상공이 얼마나 훌륭한 사람인가를 드러내는 데 활용되고 있다. 그러므로 이야기의 미감은 사건을 해결한 사대부 남성의 뛰어난 능력에 있는 것이며, 이를 통해서 잘못된 질서가 바로잡혀 사회가 잘 유지되고 있음을 증명하게 된다. 원귀의 억울한 사연은 사대부의 뛰어난 사대부의 능력을 보여주는 소재로 기능하고 있다.

그러므로 더러는 원귀의 하소연 없이 사건을 해결한 사대부의 입을 통해 사건의 얼개가 전달되기도 한다.

"지난밤에 통판이 물러간 후 취침하려는데, 촛불 그림자가 깜박거리더니 차가운 바람이 뼈에 사무치더군. 촛불 그림자 뒤로 한 여자가 나타나 백배하더니 원통하여 호소할 일이 있다고 이르더군. 내가 물었네. '너는 사람이냐, 귀신이냐? 무슨 원통하고 억울함이 있기에 이렇게 와서 호소하느냐? 낱낱이 자세하게 아뢰어라.' 여자가 흐느끼며 절하고는 말하였네. '저는 모읍 아전의 딸입니다. 뜻밖에 오명을 쓰고 다른 사람에게 모함을 받은 바 되어 타살되었습니다. 살아서 한 번 죽는 것이야 면할 수 없으니, 저의 한 번 죽음은 진실로 다른 사람을 탓하지 않으나, 다만 규중 처자의 몸으로 누명을 쓰고 죽었으니 이는 천고에 지극히 원통한 일입니다. 매번 순사께 신원을 하소연하고자 했으나, 사람들이 모두 기백이 온전하지 못하여 원통함을 하소연하기 어려웠습니다. 이제 공께서는 기백이 다른 사람과 다른 고로 외람됨을 피하지 아니하고 감히 원통함을 호소하오니, 천만 신원해 주시기를 바랍니다.' 내가 흔쾌히 허락하니 그 여자는 문을 나서며 사라졌네. 그래서 마음으로 은근히 의아하게 여기고 통판을 청하여 검시를 행한 것일 뿐이라네."

『계서야담(溪西野談)』 속 조현명(趙顯命)의 이야기는 조현명이 영남 지역의 관찰사로 재직하면서 겪었던 이야기를 서술하고 있다. 조현명은 갑자기 통판(通判)을 불러 이미 매장된 시체를 검시하라는 명을 내리고 죽은 처녀의 몸에서 상처를 발견하여 이것이 살인 사건임을 밝혀낸다. 너무나도 생경스러운 일에 통판이 어떤 연유로 사건을 자세하게 알고 있었는지를 묻자, 조현명은 위의 인용문처럼 대답한다. 원귀가 나타나 자신의 억울함을 하소연하기에 그것을 해결해주었다는 것이다.

여기서 원귀는 정절을 잃었다는 누명을 쓰고 조현명 앞에 나타난다. 억울함을 호소하기 위해서 여러 관리 앞에 나타났으나 모두 죽었다는 상황 역시 다른 야담 속의 이야기는 물론 「장화홍련전」과 「김인향전」에서도 목격한 바 있다. 그런데 원귀의 하소연은 원귀의 입이 아닌 조현명의 입을 통해 전달된다. 그러므로 이 하소연은 조현명이 사건을 알고 해결하게 되는 원인으로 제시되면서 원귀의 억울함보다는 조현명의 뛰어난 능력을 보여주는 역할을 한다. 이야기는 억울한 여인의 사연을 전달하는 데 있지 않고, 조현명이라는 뛰어난 관리의 행적을 기록하는 데 치중하고 있다.

이처럼 필기와 야담의 원귀 이야기는 원귀의 목소리를 듣는 데 있지 않고, 사대부 남성의 뛰어난 능력에 초점이 맞춰진다. 원귀의 하소연은 사대부 남성의 사연을 설명하거나 뛰어난 능력을 드러내기 위해 활용되고 있다. 특히 야담에서 원귀의 사연은 보통의 사대부 남성이 풀기 어려운 문제라는 점을 드러내는 역할을 한다. 반면 소설에서는 원귀의 하소연과 해원을 중심으로 서사가 진행되며, 원귀의 사연이 작품의 의미를 드러내는 핵심적인 요소로 작용한다.

2

원귀, 적극적으로 말하고 행동하기

　고전소설에서 정절로 인해 억울함을 당한 여성들이 모두 죽어 원귀가 되는 것은 아니다. 죽지 않고 살아서 사건이 해결되는 경우도 있다. 대표적으로 「사씨남정기(謝氏南征記)」를 들 수 있다.

　「사씨남정기」에서 사씨는 교씨와 동청, 냉진의 음모로 인해 정절이 훼손되었다는 누명을 쓰게 된다. 사씨는 집안에서 쫓겨나고, 시아버지 유현이 꿈에 나타나 위험을 알려준 덕분에 냉진에게 겁탈을 당할 위험에서는 벗어날 수 있었지만, 남쪽으로 쫓겨 가야 했다.

　　"낭랑의 가르치심이 이토록 간곡하시니 제가 품은 생각을 숨김없이 말씀드리겠나이다.

　　저는 일찍 아버지를 여의고 홀어머니 밑에서 자라나 배운 바가 없어 행실이 불민하옵더니, 시아버님께서 돌아가시자 동해 물을 다 기울여도 씻지 못할 누명을 쓰고 집을 나온 뒤 시부모님 잠드신 선산을 눈물로 지켜왔더이다. 그런데 마침내 그곳까지 흉악한 무리들의 손길이 뻗쳐 강호에 나부끼는 신세가 되니 하늘을 우러러 탄식하였으나 하릴없어 만경창파에 몸을 던져 고기밥이 되고자 하였나이다. 제가 망령됨을 깨닫지 못하고 오열을 터뜨려 낭랑께서 들으시게 하였으니, 지은 죄 마땅히 이 자리에서 죽어도 여한이 없겠나이다."

"세상의 모든 일이 다 하늘이 정한 것이라 사람의 힘으로 달리 할 수는 없나니 어찌 하늘을 원망하리오. 그대는 아직 앞으로 복락이 무궁커니 섣불리 스스로 목숨을 끊어서는 아니 되노라. 유씨 댁은 본래 공덕을 많이 쌓은 가문인데 오직 유 한림이 너무 일찍 출세하여 천하의 일에 통달하나 사리에 빈 구석이 있어 하늘이 잠시 재앙을 내려 크게 경계하고자 함이어늘 그대는 어찌 이토록 조급히 구느냐. 그대를 해치려는 자가 아직 세력이 있어 못 하는 짓이 없고 교만하나, 이제 멀지 아니하여 하늘이 큰 벌을 내릴 것이니 그대는 마음 놓고 바삐 돌아갈지어다."

"낭랑께서 제 허물을 나무라지 아니하시고 이토록 친절히 가르쳐주시니 황송하기 그지없나이다. 그러나 돌아가 의탁할 곳 없는 몸이오니 제 사정을 살피시어 시녀로 있게 하시면 낭랑을 모시고 영원히 곁에 있을까 하나이다."

그러나 낭랑이 웃으면서 말하였다.

"그대도 먼 훗날에는 이곳에 머물게 되려니와 아직은 당치 않은 말이니 빨리 돌아가거라. 남해에 있는 도인이 그대와 인연이 있으니 거기에 잠깐 의탁함이 또한 하늘의 뜻이니라."

사씨는 냉진에게 쫓겨 남편인 유 한림의 고모 두 부인을 찾아 남쪽으로 방향을 잡는다. 그러나 두 부인은 성도(成都)로 떠나고 의지할 데가 없어진 사씨는 설움이 복받쳐 죽으려고 한다. 이때 사씨는 꿈에서 아황(娥皇)과 여영(女英)을 만나 대화를 나눈다. 사씨는 억울한 누명을 쓰고 도망가는 신세가 되니 물에 빠져 자살하겠다고 한다. 이미 남편인 유 한림은 자신에 대한 믿음을 잃었고, 자신을 도와줄 유일한 존재인 두 부인은 멀리 있으니, 현실적으로 사씨가 자신을 구명하기 위해 할 수 있는 방도는 아무것도 없기 때문이다. 언제 닥칠지 모르는 교씨 일당의 위험으로부터 그나마 자신을 지킬 수 있는 유일한 방법은 죽음뿐이라는 비관적인 현실 인식이 엿보인다.

그러자 낭랑은 이 모든 횡액이 하늘이 정한 운수, 즉 운명론으로 그 원인을 돌리면서 사씨는 멀지 않은 시기에 부귀영화를 누릴 것이므로 참고 기다리라고 한다. 그러면서 남해의 도인, 즉 묘혜에게 피해 있으라고 말한다. 묘혜가 있는 곳은 동정호 한가운데의 절이니, 이곳은 실상 바깥의 세계와 격리된 공간인 셈이다. 낭랑의 가르침은 자결이라는 극단적인 방법은 피하고 있지만, 결국 사씨가 할 수 있는 일은 아무것도 없음을 알려준다. 사씨가 할 수 있는 일은 그저 기다리는 일뿐이다.

사씨는 오로지 자신에 대한 유 한림의 오해가 풀리기만을 기다릴 뿐이다. 정절을 잃었다는 누명을 쓴 직후에도, 꿈속에서 고금의 열녀들을 만난 자리에서도 사씨가 선택할 수 있는 일은 아무것도 없다. 사씨의 불행은 유 한림의 잘못된 판단이라거나 처첩제의 문제와 같은 것이 아니라 하늘에서 정한 운수에 의한 것으로, 사씨가 할 수 있는 일은 그 운수가 바뀌기를 기다리는 것뿐이다. 사씨는 두 부인, 시아버지, 아황과 여영, 묘혜와 같은 원조자들의 도움으로 위기에서 탈출하고 유 한림의 오해가 풀리기를 기다린다. 그러다가 유 한림의 오해가 풀리면 이들은 운명에 의해 다시 만나 이전과 같은 행복한 삶을 사는 것으로 묘사된다.

이러한 사씨의 수동적인 태도는 「정을선전」에서 재생한 이후의 추연에게서도 볼 수 있다. 원귀가 되었을 때 추연은 마을 사람들을 죽게 하고 을선에게 사죄를 받고자 하였다. 그러나 다시 살아나 또다시 정절 훼손의 모함을 받은 추연은 아무것도 하지 못했다. 추연은 죽지 않았으므로 원귀가 되지 않았다. 원조자인 시비들의 도움으로 목숨을 겨우 연명하며 을선이 오기만을 기다릴 뿐이었다. 원귀가 아닌 추연 역시 「사씨남정기」의 사씨와 마찬가지로 수동적이고 무기력하며, 자신을 구원해줄 남편이 오기만을 기다릴 뿐이었다. 을선이 오자마자 추연의 누명은 벗겨지고 삶은 다시 제자리를 찾는다. 이처럼 정절을 의심받았지만 살아 있는 여성들은 문제가 해결되기를 기다리는 것 이외에 할 수 있는 것이 아무것도 없는 것으로 묘사된다.

반면 원귀가 된 여인들은 위기의 순간을 넘기지 못하고 죽었기에 이계의 존재가 되었다. 그들은 스스로 나서지 않으면 진실을 밝히고 억울함을 풀 수 없었기 때문에 저승으로 가지 못하고 이승에 다시 나타나 적극적으로 하소연을 하고 해원을 시도하였다. 그러므로 원귀라는 존재는 여성이 적극적으로 말을 하고 행동할 수 있게 해주는 기능을 수행한다.

3

세상의 모순을 고발하는 목소리

앞서 살펴본 고전소설에서 여성의 죽음은 정절과 관련되어 있었다. 정절을 지키기 위해 이들은 기꺼이 목숨을 내놓았다. 죽는 것은 상관없지만, 정절이 훼손되었다는 오명은 참을 수 없어서 원귀가 되었다고도 했다. 이것은 여성이라면 반드시 정절이라는 가치를 지켜야 한다는 것을 의미한다.

그러므로 여성 원귀들은 한결같이 정절을 소중한 가치로 내세우고 있다. 그런데 이들이 정절을 소중하게 여길수록, 그래서 자신이 죽었음에도 저승으로 가지 않고 이의를 제기하고 이승으로 돌아와 이승의 존재들에게 자신의 죽음에 대해서 소상하게 하소연을 할수록 정절로 인한 문제는 더욱 심각하게 드러나는 아이러니한 상황이 벌어진다. 비록 겉으로는 해원을 통해 정절의 문제가 봉합된 듯 보이지만, 하소연의 와중에 정절로 인해 죽어야만 했던 정황들이 소상하게 드러나게 된다. 정절 때문에 죽어야 했던 사연, 정절이 훼손되었다는 여성의 하소연은 정절이라는 이데올로기가 여성의 희생을 요구한다는 것을 적나라하게 보여준다. 그런 점에서 정절은 여성들에게 폭력적이다.

여성 원귀들은 끊임없이 정절 이데올로기를 재생산한다. 여성이라면 반드시 지켜야 하는 가치라고 강변한다. 실상 여성이 원귀로 등장하였음에도 이승의 인간들과 교류할 수 있었던 것은 이들이 정절을 문제 삼고 있기 때문이다. 정절의 문제는 원귀가 출몰했던 시대의 사람들이라면 누구나가 동의할 수 있는 문제였고, 누구나 정절을 잃었다는 혐의를 받았다면 원귀로 등장할 만하다고 여겼다. 더구나 정절 이데올로기는 점차 확대되는 경향을 보이는데, 국가에서 사족 여성과 평민 여성의 차별성을 없애는 조치를 취하면서 정절 윤리는 여성이라면 상하에 관계없이 당연한 것으로 받아들여진다. 「춘향전」의 춘향은 그 신분이 기생임이 분명하기에 정절을 지킬 필요가 없었지만, 그녀가 이 도령에 대한 정절을 지키고자 하자 변학도를 제외한 모든 사람들은 춘향을 동정한다. 「숙영낭자전」에서 숙영 낭자는 신분도 알 수 없는 여성이었지만, 그녀 역시 정절을 지켜야 한다는 굴레에서 자유롭지 못했다.

또한 조선 후기가 되면서 정절을 지킨 여인들은 죽어야만 열녀라고 불릴 수 있었다. 죽어야만 열녀가 될 수 있는 상황에서 정절 이데올로기는 여성들에게 더욱 가혹하게 작동하였던 것이다. 이런 배경 속에서 정절을 위해 죽은 여인, 정절이 훼손되었다는 누명을 쓴 여인은 그 원한을 반드시 풀어주어야 한다는 공감대가 생겼다. 여성 원귀의 등장은 그래서 가능했다.

그러나 다른 한편으로는 정절의 문제점을 들춰내면서 그것이 과연 여성이 지켜야 하는 가치인가에 대한 의문을 제기한다. 이들이 억울함을 하소연하는 방식은 정절 이데올로기가 어떻게 여성에게 폭력을 가했는지 증명하는 방식으로 전개되기 때문이다. 그러므로 여성 원귀라는 소재는 겉으로는 문제를 봉합한 것처럼 보이게 하지만, 실상은 다양한 각도에서 정절 이데올로기의 문제를 드러내고 있고, 이 드러냄은 불만을 드러내는 한 방식으로서 작동하면서 현실을 전복할 가능성을 내포하게 된다.

죽은 자는 말이 없다. 그러나 억울하게 죽은 여인들은 원귀가 되어 이승으로 돌아왔다. 그리고 그들은 자신들이 얼마나 억울하게 죽었는지 생생하게 증언하였다. 세상이 자신들에게 강요한 정절을 지키며 살아왔지만, 그들에게 돌아온 것은 죽음뿐이었다. 이 여성들이 속한 사회는 정절을 지킨 이들을 전혀 보호해주지 못했다.

만약 이 여성들이 원귀가 되어 돌아오지 못했다면, 사회의 부조리함을 결코 드러나지 않았을 것이다. 아무 일도 없다는 듯, 이들의 억울함은, 사회의 부조리는 은폐되고 말았을 것이다. 그러나 원귀가 됨으로써 여성들은 잃어버린 목소리를 되찾게 되었다. 그리고 그 목소리는 생생하게 그들을 둘러싼 세상의 잘못을 고발하였다.

그러나 여전히 여성들이 원귀로 출몰하는 이야기는 어디에서나 만날 수 있다. 이것은 여전히 여성은 사회적 약자로서 억울한 일을 당하고 있으며, 그 억울함이 풀리지 않고 있는 현실이 반복되고 있다는 의미일 것이다. 이것은 고전소설의 원귀들이 던져주었던 문제는 여전히 우리에게도 유효하다는 의미이다. 더 많은 목소리를 꺼내어 들어야 하는 이유는 바로 여기에 있을 것이다.

참고문헌

1. 기초 자료

「숙영낭자전」, 김동욱 편, 『고소설판각본전집』 2, 연세대학교 출판부, 1973.
「숙영낭자전」, 인천대학민족문화연구 자료총서간행위원회 편, 『활자본 고소설전
    집』 5, 인천대학민족문화연구, 1983. 『용재총화』, 한국고전종합 DB
「인향전」, 동국대학교 한국학연구소 편, 『활자본고소설전집』 2, 아세아문화사,
    1976.
「장화홍년전」(경판28장본), 김동욱 편, 『경인고소설판각본전집』 5, 나손서옥,
    1975.
「장화홍련전」(한문본), 『嘉齋公實錄』, 국립도서관 소장.
「장화홍련전」(가람본), 규장각 소장
「정을선전」, 동국대학교 한국학연구소 편, 『활자본고소설전집』 10, 아세아문화사,
    1976.
『조선왕조실록』
『朱子語類』
『청파극담』, 한국고전종합 DB.
김만중, 『사씨남정기』, 도서출판 보리, 2007.
김시습, 『(국역)매월당집』 3, 세종대왕기념사업회 편, 세종대왕기념사업회, 1982.
김시습, 『금오신화』, 심경호 역, 홍익출판사, 2000.
신광한, 『기재기이』, 박헌순 역, 범우, 2008.
신돈복, 『학산한언』, 『야승』 21, 장서각 소장.
이덕무, 「은애전」, 『청장관전서』, 고전번역원.
이상구 역주, 「운영전」, 『17세기 애정전기소설』, 월인, 1999.
이월영, 『청구야담』, 시귀선 역, 한국문화사, 1995.
이희준, 『계서야담』, 유화수 · 이은수 역주, 국학자료원, 2003.
임매, 『국역 잡기고담』, 김동욱 역, 보고사, 2014.

2. 논문

강상순, 「〈운영전〉의 인간학과 그 정신사적 의미」, 『고전문학연구』 39, 한국고전
　　문학회, 2011.
──, 「조선 전기 귀신 이야기에 잠복된 사회적 적대」, 『민족문화연구』 56, 고려
　　대학교 민족문화연구원, 2012.
──, 「김시습과 성현의 귀신 담론과 원귀 인식」, 『우리문학연구』 44, 우리문학
　　회, 2014.
강진옥, 「원혼설화의 담론적 성격 연구」, 『고전문학연구』 22, 한국고전문학회,
　　2002.
고숙희, 「公案小說, 法醫學과 通하다」, 『중국소설논총』 35, 한국중국소설학회,
　　2011.
고영란, 「동아시아 전통문화 속의 죽음과 사후관 전근대 한일 여성괴담 속 여성
　　의 죽음과 복수－17~19세기 유명 여성괴담을 중심으로」, 『민족문화연
　　구』 59, 고려대학교 민족문화연구원, 2013.
구제찬, 「〈김인향전〉 연구」, 한국교원대학교 석사학위 논문, 2005.
김선현, 「〈숙영낭자전〉의 이본과 공간 의식 연구」, 숙명여자대학교 박사학위 논
　　문, 2015.
김수연, 「운영의 자살심리와 〈운영전〉의 치유적 텍스트로서의 가능성에 대한 시
　　론」, 『한국고전연구』 21, 한국고전연구학회, 2010.
김준형, 「사실의 기록과 야담의 진실성」, 『동방한문학』 39, 동방한문학회, 2009.
김창현, 「『금오신화』의 체재에 나타난 창작방법과 비극적 낭만성」, 『인문과학』
　　45, 성균관대학교 인문과학연구소, 2010.
노영윤, 「〈만복사저포기〉에 나타난 이별 과정과 그 의미」, 『한국학연구』 50, 고려
　　대학교 한국학연구소, 2014.
류호열, 「〈숙영낭자전〉 서사 연구」, 건국대학교 박사학위 논문, 2010.
박광용, 「조선후기 여성의 사회적 지위에 대한 시론」, 『성평등연구』 3, 가톨릭대
　　학교 성평등연구소, 1999.
박미하, 「敍事文學에 受容된 鬼神 表出樣相과 意味研究」, 중앙대학교 석사학위
　　논문, 2014.
박성지, 「일화, 야담의 귀신담론을 통해 본 사대부의 일원적 세계관」, 『고전문학
　　연구』 44, 한국고전문학회, 2003.
박일용, 「〈만복사저포기〉의 형상화 방식과 그 현실적 의미」, 『고소설연구』 18, 한
　　국고소설학회, 2004.

박종오, 「한국의 귀신설화 연구」, 전남대학교 박사학위 논문, 2008.

박태상, 「何生奇遇傳의 미적 가치와 성격」, 『동방학지』 89 · 90, 연세대학교 국학연구원, 1995.

신상필, 「『기재기이』의 성격과 위상」, 『민족문학사연구』 25, 민족문학사연구소, 2004.

신태수, 「귀신소설의 본질과 그 변모과정」, 『어문학』 76, 한국어문학회, 2002.

엄기영, 「『기재기이』의 창작방법 연구」, 고려대학교 박사학위 논문, 2007.

———, 「〈운영전〉 수성궁의 공간적 성격과 그 의미」, 『Journal of Korean Culture』 18, 한국어문학국제학술포럼, 2011.

유기옥, 「何生奇遇傳의 構造的 特性과 意味」, 『국어국문학』 101, 국어국문학회, 1989.

유정일, 「〈하생기우전〉에 대한 반성적 고찰」, 『한국어문학연구』 39, 한국어문연구학회, 2002.

윤정안, 「〈장화홍련전〉 연구, 서울시립대학교 석사학위 논문, 2009.

———, 「〈김인향전〉의 의미 형상화 방식 : 〈장화홍련전〉과의 차이를 중심으로」, 『국어국문학』 152, 국어국문학회, 2009.

———, 「계모를 위한 변명 : 〈장화홍련전〉 속 계모의 분노와 좌절」, 『민족문학사연구』 57, 민족문학사학회, 2015.

이강엽, 「〈장화홍련전〉 再生譚의 의미와 기능」, 『열상고전연구』 13, 열상고전연구회, 2000.

이기대, 「〈장화홍련전〉 연구」, 고려대학교 석사학위 논문, 1998.

———, 「시아버지에 의한 며느리 박해의 소설화 양상」, 『우리어문연구』 30, 우리어문학회, 2008.

이상구, 「〈운영전〉의 갈등양상과 작가의식」, 『고소설연구』 5, 고소설학회, 1998.

이숙인, 「조선중기 사회의 여성 인식 – 정절 개념을 중심으로」, 『한국문화』 46, 서울대학교 규장각 한국학연구원, 2009.

이영주, 「〈정을선전〉 연구」, 한국교원대학교 석사학위 논문, 2000.

이월영, 「〈만복사저포기〉와 〈하생기우전〉의 비교연구」, 국어국문학 120, 국어국문학회, 1997.

이정원, 「〈장화홍련전〉의 환상성」, 『고소설연구』 20, 한국고소설학회, 2005.

이종서, 「전통적 계모관의 형성과정과 그 의미」, 『역사와 현실』 51, 한국역사연구회, 2004.

이종필, 「朝鮮中期 戰亂의 小說化 樣相과 17世紀 小說史」, 고려대학교 박사학위 논문, 2013.

장윤선, 「조선전기 귀신담론 연구」, 서강대학교 박사학위 논문, 2007.

정길수, 「〈운영전〉의 메시지」, 『고소설연구』 28, 한국고소설학회, 2009.

정지영, 「〈장화홍련전〉 – 조선후기 재혼가죽 구성원의 지위」, 『역사비평』 61, 역사문제연구소, 2002.

정출헌, 「15세기 귀신담론과 유명서사의 관련양상」, 『동양한문학연구』 26, 동양한문학회, 2008.

정학성, 「『금오신화』에 형상된 죽음」, 『한국학연구』 32, 인하대학교 한국학연구소, 2014.

정환국, 「16세기 말 17세기 초 사상사의 흐름 속에서 본 〈운영전〉」, 『한국고전여성문학연구』 7, 한국고전여성문학회, 2003

――, 「17세기 소설에서 '악인'의 등장과 대결구도」, 『한국학보』 18, 우리한문학회, 2008.

――, 「원귀와 『금오신화』 – 조선 초 원혼서사의 형성」, 『동양한문학연구』 35, 동양한문학회, 2012.

조현설, 「남성지배와 〈장화홍련전〉의 여성형상」, 『민족문학사연구』 15, 민족문학사학회, 1999.

――, 「원귀의 해원 형식과 구조의 안팎」, 『한국고전여성문학연구』 7, 한국고전여성문학회, 2003.

――, 「조선 전기 귀신이야기에 나타난 神異 인식의 의미」, 『고전문학연구』 23, 한국고전문학학회, 2003.

최기숙, 「불멸의 존재론, '한'의 생명력과 '귀신'의 음성학」, 『열상고전연구』 16, 열상고전학회, 2002.

――, 「귀신의 처소, 소멸의 존재론」, 『돈암어문학』 16, 돈암어문학회, 2003.

――, 「'여성 원귀'의 환상적 서사화 방식을 통해 본 하위 주체의 타자화 과정과 문화적 위치」, 『고소설연구』 22, 한국고소설학회, 2006.

――, 「귀신을 둘러싼 문·학·지의 다층적 인식과 복합적 상상력 조선시대 제문 묘지문과 서사에서 귀신의 거리와 공통 감각」, 『세계한국어문학회 학술대회』, 세계한국어문학회, 2011.

최재우, 「〈하생기우전〉의 결핍 충족 구조와 그 의미」, 『민족문학사연구』 15, 민족문학사연구소, 1999.

――, 「〈운영전〉의 갈등구조의 양상과 그 소설사적 의미」, 『열상고전연구』 29, 열상고전연구회, 2009.

한상현, 「〈김인향전(金仁香傳)〉 주인공의 인격적 성향과 가정비극의 상관성: 계모형 가정소설과 관련하여」, 『고전문학연구』, 한국고전문학연구회,

2000.

B. 왈라번, 「조선시대 여제의 기능과 의의」, 『동양학』 31, 단국대학교 동양학연구
소, 2001.

3. 단행본

강명관, 『열녀의 탄생』, 돌베개, 2009.

김수연, 『遊의 미학, 『금오신화』』, 소명출판, 2015.

김용철 편, 『『금오신화』의 판본』, 국학자료원, 2003.

김일렬, 『〈숙영낭자전〉 연구』, 역락, 1999.

김정숙, 『조선후기 재자가인소설과 통속적 한문소설』, 보고사, 2006.

김재용, 『계모형 고소설의 시학』, 집문당, 1996.

김준형, 『한국 패설문학 연구』, 보고사, 2004.

박희병, 『한국 전기소설의 미학』, 돌베개, 1997.

성현경, 『한국옛소설론』, 새문사, 1995.

송진한, 『조선조 연의 소설의 세계』, 전남대학교 출판부, 2003.

신재홍, 『한국 몽유 소설 연구』, 역락, 수정증보판, 2012.

신이와 이단의 문화사 팀 편, 『귀신·요괴·이물의 비교문화론』, 소명출판,
2014.

엄태식, 『한국전기소설연구』, 월인, 2015.

이문규, 『고전소설과 전통시대의 삶의 전략』, 새문사, 2016.

이숙인, 『정절의 역사』, 푸른역사, 2014.

이은봉, 『한국인의 죽음관』, 서울대학교 출판부, 2000.

이이효재, 『조선조 사회와 가족』, 한울아카데미, 2003.

이헌홍, 『한국송사소설연구』, 삼지원, 1997.

정환국, 『초기 소설사의 형성과 그 저변』, 소명출판, 2005.

최기숙, 『환상』, 연세대학교 출반부, 2003.

최재석, 『한국가족제도사연구』, 일지사, 1983.

한국사상사연구회, 『조선유학의 개념들』, 예문서원, 2002.

Deuchler, Martina, 『한국 사회의 유교적 변환』, 이상훈 역, 아카넷, 2003.

Girard, Rene, 『낭만적 거짓과 소설적 진실』, 김치수·송의경 역, 한길사, 2001.

Jackson, Rosie, 『환상성』, 서강여성문학연구회 옮김, 문학동네, 2004.

Schmit, Jean-Claude, 『유령의 역사』, 주나미 역, 오롯, 2015.

고전소설 속 여성 원귀

찾아보기